近江 旅の本

源氏物語の近江を歩く

畑 裕子 著

野洲市あやめ浜の式部歌碑

琵琶湖から唯一流れ出る瀬田川のほとり
春秋のあざやかないろどりをみせる石山寺
奈良時代　比良明神のお告げで良弁が開基

天然記念物の硅灰石に立つ如意輪観音像
この観音の霊験を求めて
平安時代より貴賤を問わず
多くの人びとが石山寺に詣でた

石山寺に伝わる「石山寺縁起」には
『蜻蛉日記』の『更級日記』の
そして『源氏物語』の紫式部ら
当代きっての女流作家の霊験記が登場し
石山詣への憧憬を集めた

七日間参籠した紫式部は
水面に映える名月を見て
「須磨」「明石」の巻を着想したという

近江ゆかりの人びとや
近江の名勝があまた登場する『源氏物語』
風光明媚な琵琶湖のほとりの情景が
巧みに表現されている

千年の昔に思いをはせ
近江の『源氏物語』の世界を旅してみよう

⬆紅葉に彩られた秋の石山寺遠望。約１㎞上流が幾多の歴史の舞台となった瀬田唐橋

石山寺境内源氏苑の紫式部像

CONTENTS

目次

源氏物語の近江を歩く

石山寺境内

比叡山横川の恵心堂

大津祭源氏山

コラム

彰子、定子、賢子などの読みがなは諸説あるが、本書では「しょうし」「ていし」「けんし」などのルビを使用している。

源氏物語と石山寺

⬆石山の秋月
石山寺から眺める月は近江八景のひとつ「石山の秋月」として名高く、月見亭からの眺望は素晴らしい。毎年開催される秋月祭では境内がライトアップされ、3000本のろうそくが幽玄の世界に導く

⬆石山寺の東大門
建久元年（1190）の造営と伝わる。西国三十三所第13番札所

⬆瀬田川左岸から望む春の石山寺
「花の寺」でもある石山寺の春は、ウメ・モモ・ツツジなど花の香りが境内に満ち溢れる

⬆石山寺の多宝塔
本堂より一段高いところにそびえる多宝塔は建久５年（1194）源頼朝の寄進で建立され、同時に制作された大日如来像が多宝塔の須弥壇（しゅみだん）に安置されている

⬆源氏の間
本堂の「源氏の間」には紫式部像が置かれ、『源氏物語』執筆の場所と伝わる。「源氏の間」は正堂（しょうどう）と礼堂（らいどう）の間の部屋で、花頭窓（かとうまど）は伝承にちなんで「源氏窓」ともいわれる

⬆硅灰石（けいかいせき）と多宝塔
寺名の由来となった天然記念物の硅灰石は石灰岩が変成したもので、境内の随所に見られる。巨石への素朴な信仰が古くから寄せられていたことを物語っている

⬆石山寺の本堂内陣
本堂内陣の厨子の前にお前立ちの如意輪観音が安置されている。ご本尊の如意輪観音半跏像は平安時代の作で秘仏

⬆大日如来坐像（重文、石山寺蔵）
多宝塔内に安置されていた旧本尊。平安時代の優品である

紫式部『源氏物語』を草案

⬆式部石山寺観月図（土佐光起筆　江戸時代　石山寺蔵）
照光院宮道晃の書と伝わる「須磨」の帖の一節が書かれている

⬆月見亭
近江八景のひとつ「石山の秋月」はここからの眺めを指し、境内の高台に位置する月見亭は江戸時代に建てられたもので、旧暦８月15日には中秋の名月を愛でる観月会が催される

『紫式部日記』をひもとく

紫式部はなぜ、あのように長大な物語を書くにいたったのだろうか。四百字詰め原稿用紙枚数にして二千枚余り、しかも一千年もの間延々として読み継がれてきた。彼女が才女であったことはいうまでもない。が、『紫式部日記』をひもといていくとその心の内が明かされてくる。

彼女の回想によれば、夫藤原宣孝《のぶたか》と死別後の数年間は沈鬱な物思いにふけりがちであった。二人の間に生まれた賢子《けんし》はまだ幼く、将来への不安は増すばかり、四季の訪れがようやくわかるくらいの心もとない日々を送っていた。

ところが、つまらない物語を書くようになってから、なんとか物思いから救われるようになった、というのである。それというのも物語を介して気心の合う人や常々疎遠だった人とも文通するようになり、孤独感が幾分癒されるようになったからだ。式部は多くの人々に読んでもらうことで人々との共感をえ、しだいに生きる自信のようなものを持ちえたのだろう。彼女にとって書くことはカタルシス（浄化作用）であったのかもしれない。しかし、はじめから長編に挑んだのではない。ショート・ストーリーを書いているうちにだんだんと意欲的になり、大河物語の構想が芽生え、物語が結実していったのではなかろうか。

文学的素養

紫式部の家系は学者、文学者一族であった。曽祖父藤原兼輔《かねすけ》は堤中納言と呼ばれた和歌の名手であり、歌人の伯父為頼《ためより》から式部は和歌の手ほどきを受けたり、物語や日記など文学的な話をよく聞かされていたようだ。さらに父為時は優秀な漢学者であった。少女のころ、父から漢籍を学ぶ弟の惟規《のぶのり》より、かたわらで聞いていた式部の方が先に覚えてしまったという有名な話があるが、彼女は『史記』や『白氏文集《はくしもんじゅう》』など中国の歴史書、文学にも通じていた。また、『蜻蛉《かげろう》日記』を読み、今までの物語とは異なった、内面を深く描写した作品に衝撃を受けてもいる。それまでの物語は、「女子どもの慰み物」と低く見られていたこともあり、物語の好きな紫式部にとって不満であった。しかも『蜻蛉日記』の作者、藤原道綱《みちつな》の母は式部にとって母方の祖父と義理の姉弟に当たる人であった。彼女が、私もこのような、人の心の内部に深く立ち入ったもの、人間の真の姿を描いてみたい、と思うようになったとしても不自然ではない。

父と娘の絆

式部は幼くして母を失った。母のぬくもりを知らない彼女はその分、父との絆が強かった。漢籍の学習に際しても父為時は、娘の秀でた理解のよさに男でなかったのを悔んだくらいであるから、彼女への慈愛と密かな期待は並々でなかっただろう。

その娘が結婚生活二年あまり、二十九歳で寡婦《かふ》となってしまった。年の隔たった夫との間に生まれた幼子を抱え、途方に暮れている。そんな折、為時は任地の越前武生《たけふ》から国司の任を

⬆本堂
滋賀県最大の木造建築で懸（かけ）造りの本堂（国宝）は、礼堂と正堂の複合建築。本尊の秘仏如意輪観音半跏像が硅灰石の自然石を台座として厨子に入れられ納まっている

終え、京へ戻ってきたのである。

娘には夫の喪の明けないうちから言い寄ってくる男があった。あまりの無神経さに、娘も父も寡婦の悲しさを思い知らされる。父は再び無官となり、和歌や漢詩を作る日々を送るようになる。大国越前の国司であった為時であるから経済的に逼迫《ひっぱく》することはなかったが、出世には縁のない暮らしであった。とはいえ、学問や文学にいそしむ父の姿は紫式部の物語創作への思いを強め、励ましただろう。

彼女は友人と物語について語り、批評をするうちに自分でも短い物語を書いてみたくなった。そんな彼女を物心両面から支えたのが父、為時であった。漢学者である彼にとって和紙は必需品。彼は恐らく奈良時代から越前和紙として名高い特産の

和紙を武生から持ち帰っていただろう。当時大変貴重であった和紙を娘に与えるのは雑作なかった。「式部よ、徒然《つれづれ》の慰みに何か綴ってみてはどうかな」才能ある娘が鬱々として暮らすのを見るのは、父としてやるせない。

父の言葉は渡りに舟。彼女はたちまち掌編を書き上げた。「あら、とてもおもしろいわ。あなた、どんどん書きなさいよ」女友達も口々に言う。そのうち、父や伯父為頼にも見せた。伯父は少女時代、式部に『伊勢物語』などを読んだりして物語へ開眼させてくれた人でもある。父は満足げに娘を見やる。為頼もまた、助言する一方、姪の才能に目を細める。幼いころから母親がわりをしてきた為時は、物語を綴ることでのみ娘は新たな人生を生きることができる、と誰

身の憂さは
心の内にしたひ来て
今九重ぞ思ひ乱るる

➡藤原道綱母の石山寺参籠「石山寺縁起」（重文）巻二第三段（石山寺蔵）鎌倉時代末期にできた石山寺縁起は三十三段にわたり、寺の由来を絵と詞で物語る。右は、『蜻蛉日記』で石山寺に筆者の母が参籠したとき、老僧が現れて霊験を示す夢を見る場面

よりも早く見抜いていたのではなかろうか。

広がる噂

新しもの好きな都びとの中で紫式部の評判は瞬く間に広がっていった。「古物語とはまったく違った趣向の物語だそうでございますよ」「具平《ともひら》親王さまも絶賛なさっているそうです。『こんな物語なら教養のある男たちも喜んで読むだろう』と。しかしまあ、ずいぶん博学な作者でありますな。和歌はむろん、中国の歴史や文学まで踏まえている。本当に女の作者であろうかな」「作り話であることには違いないだろうが、なぜかしら読み終わった後に、人の世の真実が語られているように思え、深い感動を覚えずにはいられませんわ」

紫式部のもとには噂の一つひとつが届いていた。こうした短編がやがて大河小説『源氏物語』へと発展していくのである。

宮仕え

中宮彰子《しょうし》からの迎えの車が午後六時を過ぎたころやってきた。夫の死から四年たった年の暮のことである。為時はゆっくりうなずき娘を見た。中宮様にしっかりお仕えするように、という意を込めてである。が、彼の表情にはどことなくうしろめたさが感じられた。娘が勇んで宮仕えをするのではないことを誰よりもよく知っていたからである。宮仕えの時期が慌ただしい年の瀬になったのも伸ばし伸ばしにしていた彼女の気持ちの表れだろう。

が、紫式部とて宮仕えにまったく興味を抱いていなかったわけではない。進行中の物語に宮仕えが役に立つかもしれないと、考えてのことでもあった。内裏の様子、宮廷での帝や女御、そして内裏に出仕する貴人たちの様子。百聞は一見にしかず、である。

「姉さん、よくぞ決心してくれましたね」見送りにきた惟規《のぶのり》が小声で言った。

式部は苦笑した。彼も社交的でない姉を案じてくれているのだ。その一方、惟規は「姉さんが彰子様にお仕えしてくれるとありがたいのだがな」と期待してもいた。道長や妻の源倫子《りんし》、さらには亡き宣孝の親戚からも父同様、彼も姉の宮仕えを進めるよう言い含められていたのである。

「どうかな、中宮様にお仕えしてみてはくれぬかな」と遠慮がちに口にした父の表情を式部は忘れることができない。為時が越前の国司になれたのも道長のおかげであったからだ。父は老齢だが、国司への執着を捨ててはいない。が、越前国守の任を終えて以来、いっこうに声はかからない。一緒に暮らしている式部には父の心中は十二分にわかっている。少女のころから除《じ》目《もく》のたびに落胆してきた父の報われなかった人生を目の当たりにしてきた。弟にしても下級の役人になってはいるが、小内記で留まっているのは彼女としても忍びない。

今、かわいい盛りの賢子と別れるのは辛いが、里下りをすれば会うこともできる。娘の将来を考えても自分の宮仕えはよい結果をもたらすかもしれない。

⬆毘沙門堂
本堂前の広場には蓮如堂、観音堂とともに毘沙門堂が配され、硅灰石と御影堂の間の石段をあがると多宝塔にいたる

それにやはり、物語を今まで以上に展開させていきたい。思案に思案を重ねた上での宮仕えの決断であった。一方、彼女の心の内には本当に宮仕えをしながら物語を綴ることができるのだろうか、という不安も渦巻いていた。

自分が宮仕えを求められたのは物語作者としての能力を買われたからだ。今までのように気楽な気持ちで物語を綴るのとは違い、心して取り組まなければならない。もはやたんなる手すさびではすまされないことを式部は十分承知していた。

身の憂さは心の内にしたひ来て
いま九重ぞ思ひ乱るる

彼女のつぶやきは無意識のうちに歌となっていた。

石山寺と平安貴族

紫式部の頭の中に石山寺が思い浮かんだ。奈良時代、聖武天皇の勅願によって良弁《ろうべん》僧正の草創になったという寺。彼女はまだ一度も参詣をしたことがない。だが、石山寺の様子は現実に目にしたかのように思い描くことができる。道綱の母が書いた『蜻蛉日記』を繰り返し読んでいたからである。夜明け前、京を出立し、粟田山を過ぎて山科にさしかかるころ夜が明ける。逢坂の関を越え、打出の浜に出る。眼前に広がる湖。そこから屋形船に乗り込み瀬田川を下って夕方石山寺に辿りつく。彼女の頭には道綱の母が通った参詣の道順までがしっかり刻まれている。

寺に入るとまず下に建ってい

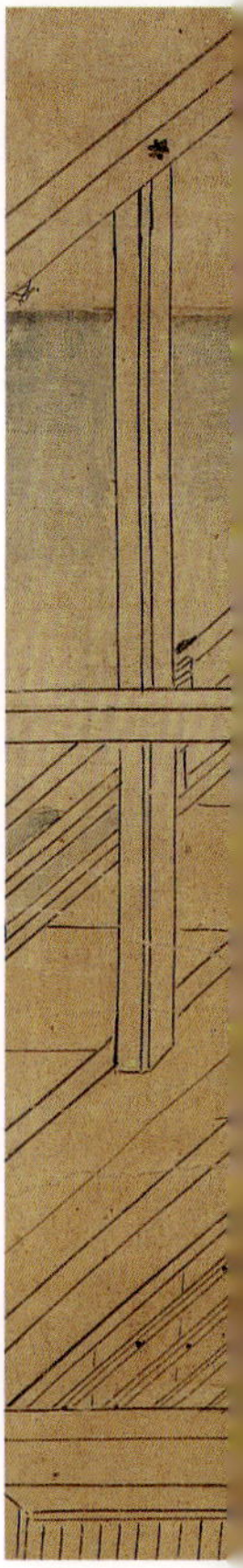

➡紫式部石山寺参籠　「石山寺縁起」（重文）巻四（石山寺蔵）
紫式部が7日間、石山寺に参籠して『源氏物語』須磨・明石を着想したと伝わる。式部が参籠したのはちょうど8月15日。琵琶湖に映える月を見た式部は「今宵は十五夜なりけりと思い出でて、殿上の御遊恋ひしく…」と手元にあった料紙にしたためはじめたという

る斎屋《ゆや》で斎戒沐浴《さいかいもくよく》し、休息する。紫式部は『蜻蛉日記』の一節を口にする。「夜うち更けて、外のかたを見出だしたれば、堂は高くて、下は谷とみえたり……」

長い参道を歩き、石段を上へ上へと上って行くと舞台造りの本堂がある。道綱の母は勾欄《こうらん》にもたれて眼下を見下ろす。月光の中に鏡のような池が見え、木の間に鹿が走り過ぎて行くのを見た。紫式部はあたかも自分が体験したかのような気分になってきた。石山寺にお参りし、理想の物語を書き続けていけるようお願いしたい。できることなら日記に綴られているような美しい月光を目の当たりにしながら物語の筋を展開させてみたい。

宮仕えの息苦しさを思う一方、書き始めた物語のことを考えていると式部は時の経つのも

➡石山寺境内の紫式部の供養塔　右隣には「あけぼのは　まだむらさきに　ほととぎす」の芭蕉句碑がたつ。月見亭横の芭蕉庵に仮住まいした芭蕉は「石山の　石にたばしる　あられかな」など多くの句を残し、石山寺近くには芭蕉ゆかりの幻住庵や岩間寺がある

忘れてしまう。最高の権力者、藤原氏をはじめ、貴族がこぞって信仰する石山寺。それに、あのしたり顔の清少納言も『枕草子』の「寺は」の段の中で「石山、粉河《こかわ》、志賀」と石山寺を一番にあげているではないか。「あら、まだお参りになっていらっしゃいませんの」と清少納言の声がどこからか聞こえてくるような気がしてくる。定子《ていし》亡きあと、宮中を去った清少納言とは出会うこともなかったが、紫式部は才女気取りのあの女房のことを思うと、ますます石山詣をせずにはいられない心持ちになってくるのだった。

石山詣

石山寺には、古くから紫式部が『源氏物語』を書いた場所として有名な伝承がある。「石山寺縁起」の絵巻物第四巻第一段には仏に参詣するため、紅い懸《かけ》帯《おび》を背に結んだ式部の姿が描かれている。式部は部屋から広がる水景を眺め、感慨深げである。この絵は南北朝時代、十四世紀後半に四辻善成がまとめた『源氏物語』の注釈書、『河海抄《かかいしょう》』を基に描かれたという。いわゆる源氏物語起筆伝説である。

　村上天皇の皇女、選子《せんし》内親王は物語や和歌に詳しく優雅な文芸サロンを作っていた。その皇女が中宮彰子に目新しい物語はないか、と問い合わせてきた。そこで彰子は式部に命じたというのである。「宇津保や竹取のような古物語は目慣れているので、新作物語を作りなさい」と。そのため式部は石山寺に通夜して願いがかなうようにお祈りした、というのである。

「折しも八月十五夜の月、湖水にうつりて心の澄みたるままに、物語の風情空に浮かびたるを忘れぬさきにとて、仏前にありける大般若の料紙を本尊に申しつけて、まず須磨明石の両巻を書きとどめけり」（河海抄）

　だが、この石山寺起筆説はあくまでも伝説であって現在、研究者たちの間で認められているわけではない。また『紫式部日記』や『紫式部集』にも式部が石山寺に参詣したことを思わせるような記述や歌はない。とはいえ、彼女が石山詣をしていないとは言い切れない。『源氏物語』には関屋の巻など四カ所に石山寺が登場してくる。

「作家というものは謎めいた者ですわ」

　式部の声がどこからか聞こえてきそうだ。

『源氏物語』の執筆は、宮仕えを始めた式部にとってもはや命じられた大きな仕事であった。だからこそ、宮中でもおおっぴらに執筆が許されたのであり、執筆のためにいろいろと便宜がはかられたのである。が、そのことはまた、紫式部を苦しい立場に追いやることにもなっただろう。「何かといえば物語。物語を好み、風流ぶってすぐ歌を詠む。ほんとうに気どりやで嫌な人」、「受領の娘のくせにお高くとまっていること」後に式部を理解してくれる女房が現れはするが、彼女の宮中での評判はよくなかった。

　もしかすると紫式部以外に『源氏物語』に一番執着していたのは藤原道長であったかもしれない。中宮彰子の父として、学問好きな一条天皇の注目が他

⬆⬅花の寺としても知られる石山寺では周年、季節おりおりの花木が参詣者を楽しませてくれる。まだ早春の頃に咲き誇るロウバイやウメ、スイセンが春の訪れをいち早く告げる

のどの女御より娘に集まることを願っていたからだ。今までにない新作物語を是が非でも完成させてもらわなければならない。道長は意気込んでいた。

式部の筆が進んでいないのをそれとなく察した道長が、石山寺行きを進めた可能性はおおいに考えられる。本尊の如意輪観音に願いごとを託した後、紫式部がふと見るとその前に「大般若経」のための用紙がたくさん置かれていた。もしかすると唐からの舶来品であったかもしれない紙は大変貴重なもので、道長がわざと目につくようにあらかじめ用紙を用意しておいた、と考えてもおかしくない。彼ならそれくらいの演出はいともたやすくやってのけるだろう。

『紫式部日記』には、道長が『源氏物語』に執着しているこ

⬆石山寺千日会

とを思わせる描写がある。宮仕え二年後の寛弘五年（一〇〇八）、冬のことである。式部は『源氏物語』の冊子を実家へ取りにやらせて自分の局《つぼね》に隠しておいた。ところが中宮の御前にいる間に道長がこっそりやってきて探してしまった、というのである。

石山寺には現在、『源氏物語』起筆伝承にちなみ、本堂の相の間に「源氏の間」がしつらえられている。花頭窓の向こうには王朝装束を身につけた紫式部の化身が執筆にいそしんでいる。物語を綴っているときだけが、生きている充足感が感じられたと記す紫式部。彼女が全身全霊を打ち込んで書き続けた大長編物語は千年を経た今なお、物語の真髄、人間の生きる姿への深い感動を与えてくれる。

石山寺の創建と歴史

←石山寺本堂（国宝）
永長元年（1096）ころの建造といわれる。境内の地形と隆起する硅灰石をうまく活用し、床を支える束（つか）を岩盤までのばした懸（かけ）造りとなっている

　平安時代、紫式部とその才能を二分した女流文学者清少納言に『枕草子』で「寺は石山…」といわせるほど、石山寺は庶民の信仰を集めていた。石山寺の創建については諸説があり、最も古い記録「三宝《さんぼう》絵詞《えことば》」によると聖武天皇が金峯山の蔵王権現の指示で石山に如意輪観音をつくって祀らせたところ陸奥で黄金が現れたという。また、良弁《ろうべん》が開基という説もあり、「石山寺縁起」では比良明神のお告げで良弁が創建したと記されるが、良弁が石山寺の増改築に携わったことから生まれた説とされ、すでにこのとき、仏堂など簡素ながら山間の寺院として石山寺は存在していた。

　天平宝字5年（761）から翌年に行われた石山寺の増改築で、一新されたことからこの時期を創建とする理解が深まっている。石山寺の増改築は、保良宮の造営と深くかかわり、突貫工事で造営が推進されたが、その近くにあった石山寺が北京（保良宮）の鎮護の寺として位置づけられたものであった。用材の調達は東大寺の造営にあたった甲賀山作所《こうかさんさくしょ》や田上《たなかみ》山作所があたり、国家事業として推進され

⬆「石山寺縁起」（重文）巻一（石山寺蔵）
観世音菩薩が衆生救済のため33に姿をかえるところから、石山寺縁起は33段から構成されている。その最初は石山の地に良弁が開基したことを記す。上は、蔵王権現のお告げで石山についた良弁が、岩の上で釣り糸を垂れている老婆（実は比良明神の化身）に出会い「ここに霊地がある」と啓示を与えられたという場面

た。この増改築に深くかかわったのが良弁で、三間僧坊や大炊《おおい》屋《や》・温屋《おんおく》を勢多庄から運んで用いている。このとき新たに建立した建物は僧坊三宇などかぎられたもので、保良宮の造営に関わり短期間で工事を行う目的があったことがしめされている。

京に都が遷ると都に近い観音霊場として多くの貴族の参詣や参籠が行われ物見遊山をかねた石山詣が盛んになった。中世には源頼朝の庇護を受け、多宝塔や鐘楼などが寄進され、堂舎の整備が進んだ。しかし、信長の焼き討ちによって多くが焼失する。奈良時代に創建された本堂はその後火災にあっているが、慶長４年（１５９９）淀殿の寄進で改築された。さらに、徳川幕府の庇護などによって今日の姿をとどめている。

⬆春の石山寺多宝塔

⬆石山寺と深い関わりのある源頼朝（右）と頼朝の娘の乳母亀谷禅尼の供養塔

⬆経蔵

⬆大黒天

観音信仰と石山詣

⬆巡礼札（室町時代　石山寺蔵）
日本最古であるとともに、観音巡礼の大衆化を示す貴重な史料。右が永正３年（1506）、中の巡礼札は弥勒２年という私年号を用いていることが注目される。左は天文15年（1546）のもの

石山寺は東寺真言宗の大本山で山号は石光山《せっこうざん》という。保良宮の整備とともに伽藍が整い、その後、観音霊場として広い信仰を集めるようになる。創建当時の華厳宗から真言宗に改めたのは、聖宝《しょうぼう》であり、その後淳裕《しゅんにゅう》が堂宇を再興して以降、宇陀天皇の行幸をはじめ王朝貴族が行楽をかねて「石山詣」を行うようになる。西国三十三所第13番札所として多くの参詣者が訪れている。

　奈良時代に始まった西国三十三所観音巡拝は、まも

⬆31番　長命寺

⬆12番　岩間寺

⬆32番　観音正寺（撮影：寿福滋）

⬆30番　宝厳寺

なく途絶えるが、10世紀に花山法王が再興、江戸時代には伊勢参りや熊野詣と並んで人々の信仰の対象となった。観世音菩薩は人間のあらゆる災難を救う、つまり現世での救済を願うものであることが、急速に広まった理由といわれる。

滋賀県内には、石山寺のほか第12番岩間寺、第14番三井寺、第30番宝厳寺、第31番長命寺、そして第32番の観音正寺がある。石山寺には室町時代に巡礼者が納めた最古のものと伝わる巡礼札が残る。式部が参籠して『源氏物語』を着想したことや多くの女流作家が参詣したエピソードも参詣者を招き寄せる要素となっただろう。

大津を訪ねる（広域図）▶P119

石山寺とその周辺

〈石山寺〉◇車で…名神瀬田西ICまたは瀬田東ICから10分
P…普通車140台（大型可、有料）

西国三十三所観音霊場の第13番札所。奈良時代後期、聖武天皇の勅願で良弁《ろうべん》が開いた。広大な境内には、寺名の由来となった天然記念物の硅灰石《けいかいせき》がそびえている。国宝の本堂・多宝塔をはじめ、漢書、仏像、絵巻など多くの国宝、重要文化財がある。2008年、「源氏物語千年紀 in 湖都大津」を開催。

立木観音前下車すぐ／名神瀬田西ICまたは京滋バイパス南郷ICから10分　P普通車50台、大型車数台

南郷洗堰
なんごうあらいぜき

琵琶湖から流れ出る唯一の川である瀬田川に、湖の水位調節と下流の宇治・淀川流域の治水対策のため、明治38年に建設された。現在の洗堰は2代目で、昭和36年に完成し、水門は10基の電動式、全長173m。旧洗堰は、少し上流の両岸に、レンガの堰柱が記念として残されている。近くに「水のめぐみ館アクア琵琶」がある。

所大津市黒津４丁目　☎077-546-0844（琵琶湖河川事務所）◇JR石山駅からバス南郷洗堰下車徒歩1分／名神瀬田西ICまたは京滋バイパス石山ICから10分　P普通車20台、大型車数台（アクア琵琶駐車場）

水のめぐみ館アクア琵琶
みずのめぐみかんあくあびわ

琵琶湖と淀川（瀬田川）の治水と利水について、さまざまな角度から紹介するコミュニケーションスペース。屋外に設けられた「雨体験室」では、日本各地や世界で降るさまざまな雨を体験できる。

所大津市黒津4-2-2　☎077-546-7348　開9:00～17:00　休火曜日（祝日の場合は翌日）・年末年始　◇JR石山駅からバス南郷洗堰下車徒歩5分、名神瀬田東ICまたは瀬田西ICから10分　P普通車20台、大型車可

南郷温泉
なんごうおんせん

南郷温泉は、石山詣をはじめ、岩間寺、立木山安養寺を含む近江、山城、大和七ヶ国をつなぐ観音めぐりの宿泊地として栄えてきた。近年は、南郷洗堰やアクア琵琶、また湖南アルプスでのキャンプ・山歩きの拠点として、地元や京阪神からのドライブの格好の地として親しまれている。

石山温泉
いしやまおんせん

西国十三番札所石山寺の門前町。石山寺への参詣は、都人はもとより幾多の文人も訪れ、その様子は平安時代における女流の日記や物語にも登場する。石山詣が盛んになったのは、寛政12年（1800）に開帳が行われた頃からで、門前には出店や旅籠が軒を連ねて賑わいをみせた。温泉は昭和38年に石山平津町（岩間寺山腹）の長石採取場で地元の人が発見。

瀬田川リバークルーズ
せたがわりばーくるーず

明治2年に琵琶湖最初の蒸気船として就航した「一番丸」を現代によみがえらせた。近江八景「瀬田の夕照」や「石山の秋月」の舞台をめぐる船旅が楽しめる。

所大津市石山寺港・南郷アクア琵琶港・瀬田の唐橋港　☎077-537-1105（石山寺観光案内所）開10:00～16:30要問合せ　¥1300円　◇京阪石山寺駅から徒歩5分／名神瀬田東ICまたは瀬田西ICから10分　P普通車140台、大型車数台（石山寺前駐車場、有料）

瀬田唐橋《せたのからはし》

近江八景「瀬田の夕照（せきしょう）」で知られ、日本書紀をはじめ多くの記録や文学作品に登場する橋。「唐橋を制するものは天下を制する」といわれ、京都の喉もとを握る交通・軍事の要衝であった。昭和54年に架けかえられた現在の橋は、ゆるやかな反りや旧橋の擬宝珠（ぎぼし）などに昔の姿をとどめている。

所大津市瀬田1丁目　☎077-528-2772（びわ湖大津観光協会）◇京阪唐橋前駅から徒歩5分／名神瀬田西ICから3分

建部神社《たてべじんじゃ》

近江国一の宮といわれ、祭神は日本武尊（やまとたけるのみこと）と大己貴命（おおなむちのみこと）。草創は神崎郡建部郷といわれ、天武天皇の時代、この地に遷座された。平治の乱に敗れた源頼朝が伊豆に流される途中、再起を祈願、再興したことから出世開運の神として知られている。

所大津市神領1-16-1　☎077-545-0038 ◇JR石山駅から徒歩15分またはバス建部大社前下車徒歩3分／名神瀬田西ICから5分　P普通車70台、大型車数台

幻住庵《げんじゅうあん》

『おくのほそ道』の旅の翌年、元禄3年（1690）4月から7月まで芭蕉が暮らした庵で、国分山山腹にある。「石山の奥、岩間のうしろに山あり、国分山といふ」で始まる『幻住庵記』はここで生まれた。現在の幻住庵と周辺は平成になって再建整備されたもの。

所大津市国分2丁目　☎077-533-3701 開9:30～16:30　休月曜日（祝日の場合は翌日）、年末年始　◇京阪石山寺駅から徒歩30分、またはバス幻住庵下車すぐ／京滋バイパス石山ICから10分 P普通車10台、大型車3台

岩間寺（正法寺）《いわまでら》

岩間山山頂近くにある西国三十三所観音霊場の第12番札所。本尊の千手観音は人々の苦しみを救うため、毎夜地獄を巡り、汗を流す「汗かき観音」として慕われている。本堂横の古池は、芭蕉が「古池や蛙飛び込む水の音」の句を詠んだところといわれている。

所大津市石山内畑町82　☎077-534-2412　開8:00～16:30　¥入山料300円　◇JR石山駅からバス中千町下車、徒歩40分（毎月17日は直通バスあり）／京滋バイパス石山ICから10分 P普通車50台、大型車数台

立木観音（安養寺）《たちきかんのん》

空海が1本の立木で等身大の観音像を刻み、お堂を建てたのが始まりといわれ、古くから厄よけ観音として親しまれている。700段もの長く急な石段を登ると境内があり、毎月17日には月参りの参詣者で賑わっている。

所大津市石山南郷町　☎077-537-0008 開9:00～16:00　◇JR石山駅からバス

『源氏物語』の時代の近江

斎王群行と垂水頓宮

旧東海道の宿場町水口から国道1号を南下すると一面に茶畑が広がる甲賀市土山町に入り、やがて「頓宮《とんぐう》」にいたる。この地名は、古代から中世にかけて、伊勢神宮で天皇に代わって神に奉仕する斎王《さいおう》が都からの道中に使用した宿泊施設の頓宮《かりみや》があったことに由来する。斎王は、天武天皇の時代から鎌倉末期まで続いた制度で、天皇が即位すると未婚の内親王（または女王）の中から、卜定《ぼくじょう》と呼ばれる占いの儀式で斎王が選ばれる。斎王は都での2年におよぶ潔斎《けっさい》の後、数百人の従者を従え伊勢に向かう。これを斎王群行《ぐんこう》という。京から近江国府・甲賀・垂水《たるみ》へそして伊勢の鈴鹿・一志《いちし》を経て斎宮《さいくう》に入る5泊6日行程であった。頓宮の集落の山手、茶畑の中に土塁をめぐらした方形の区画が国指定史跡の垂水頓宮《とんぐう》である。378年間に31人の斎王がここを訪れている。『源氏物語』「賢木」の中で、娘が斎王に選ばれた六条御息所《みやすどころ》が娘とともに伊勢に下っていることが記されている。甲賀市では、毎年3月下旬に斎王群行を再現した「あいの土山斎王群行」という祭りを開催し、約5㎞のみちのりを優美な行列が粛々と進む。

垂水頓宮跡 所甲賀市土山町頓宮 ☎0748—66—1101（土山町観光協会）◇ＪＲ貴生川駅からバス白川橋下車徒歩5分、新名神甲賀土山ＩＣから5分 普通車3台

小野氏の里、小野集落

琵琶湖大橋西詰から国道161号を北上し、ＪＲ小野駅を過ぎたところを左折すると、琵琶湖ローズタウンという新興住宅地の中の丘陵に唐臼山古墳がある。最初の遣隋使「小野妹子」の墓と伝わる古墳で、妹子は近江国滋賀郡小野村に居住したことから小野性を名乗ったとされる。『源氏物語』に登場する小野は比叡山の西側の集落である

が、小野氏ゆかりのここは東小野といわれる。

集落内にある小野神社は小野一族の氏神社で、日本で初めて餅搗きをしたとされ、「しとぎ祭り」が伝わる。祭神の米餅搗《たがねつき》大使主命《おおおみのみこと》を餅搗きの神として全国の餅・製菓業者らが自慢の菓子などを供える。

小野神社境内にある小野篁《たかむら》神社は、平安時代の歌人「小野篁」を祀り、本殿は全国的にも珍しい切妻造りで、小野道風《とうふう》神社と近くの天神社の3社にだけ見られる。小野道風神社は平安時代の書家三蹟のひとり小野道風が祭神である。

小野神社・小野篁神社・小野道風神社
所大津市小野1961 ☎077-528-2756（大津市観光振興課）◇JR和邇駅から徒歩20分　湖西道路和邇ICから10分

唐臼山古墳（小野妹子公園） 所大津市小野水明 ☎077-521-2100（大津市歴史博物館）◇JR小野駅から徒歩15分　湖西道路真野ICまたは和邇ICから10分

平安時代歌人と近江

在原業平…琵琶湖の西、湖西地方と呼ばれる一帯は琵琶湖と比良の山並みの間に広がる。高島市の鴨稲荷山古墳からは、この地方の有力豪族が埋葬されたといわれる。『伊勢物語』の主人公とされる在原業平《ありわらのなりひら》は、高島の山中でひっそりとその生涯を終えたといい、小さな墓が高島市マキノ町在原に残る。

高島市マキノ町在原 ☎0740-28-1188（マキノ町観光協会）

紀貫之…「関谷」に登場する逢坂の関近くの関清水神社境内には『土佐日記』を著した紀貫《きのつら》之《ゆき》の「逢坂の関の清水にかげ見えて今やひくらん望月の駒」の歌碑がたち、墓所は比叡山ケーブルもたて山駅に残る。

大津市逢坂1-15-6 ☎077-522-6082 ◇JR大津駅または京阪上栄町駅から徒歩10分

小野小町…絶世の美女として人気のある小野小町については小野篁の孫などと諸説あるが、中山道が東山道と呼ばれた時代の宿駅小野（彦根市）は、小町の生誕地と伝わる。また晩年に住んだという逢坂関近くの月心寺（大津市大谷町）境内には小町百歳堂がある。

紫式部が通った近江路

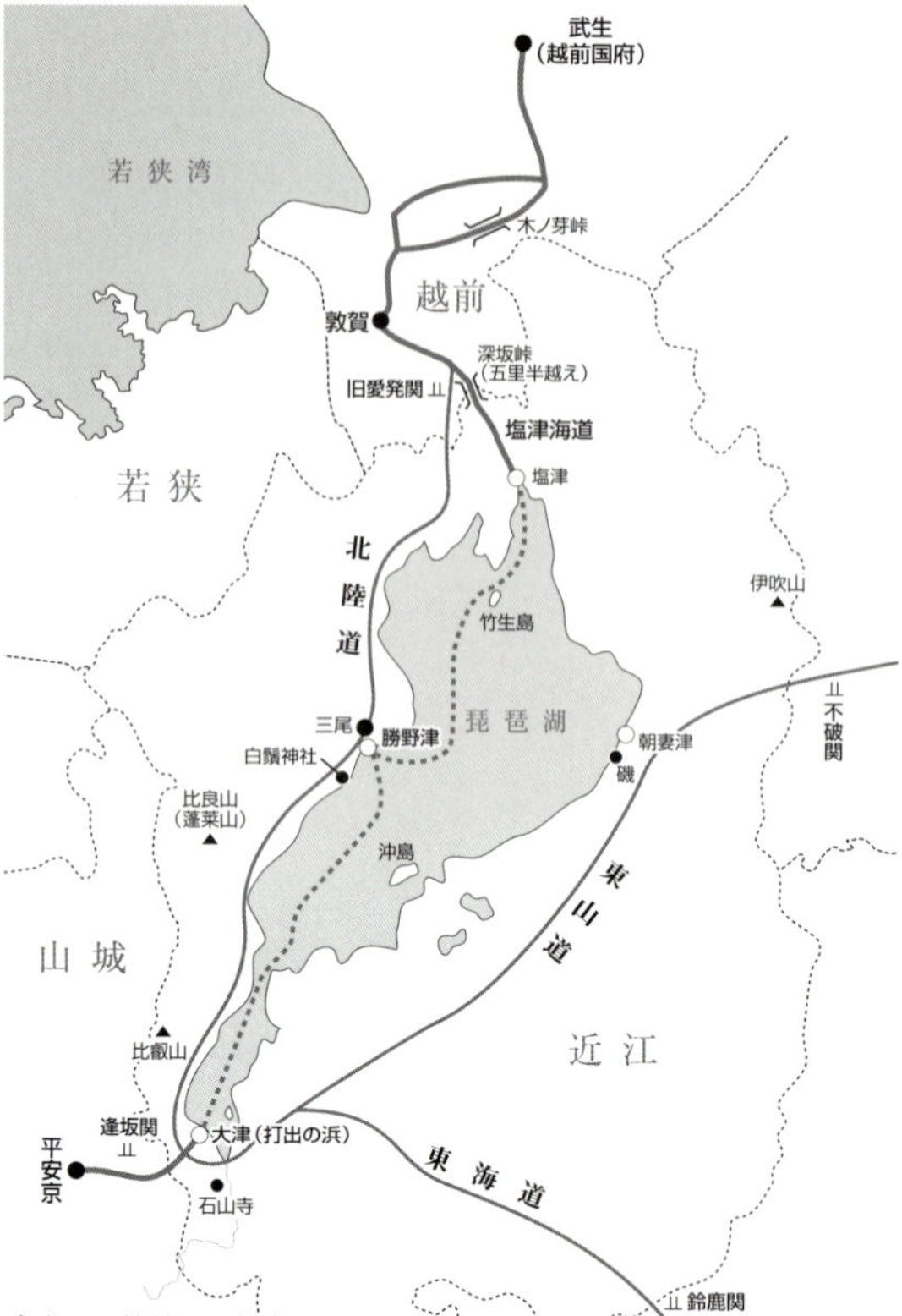

⬆京から越前への想定ルート
（講談社「週刊再現日本史」第10号をもとに作成）

➡名水で知られる走井（はしりい）
東海道名所図会にも描かれ、ここに茶店があったことが知られる。明治になって荒廃していた屋敷を画家の橋本関雪が所有し整備し、その後月心寺となる

⬆逢坂山関跡
『源氏物語』関谷の巻に登場する逢坂の関は、当時はもっと高い位置にあったとされ（通行が困難なため江戸時代に掘削された）、琵琶湖が眺望できた。現在も国道１号の交通量は多く、相変わらず交通の要衝となっている

逢坂の関跡

長徳三年（九九六）、夏、式部の一家は京を出立した。早朝の涼気が心地よい。牛車《ぎっしゃ》にゆられながら東の京極大路を南に下り、粟田口までやってきた。いよいよ、都とお別れである。彼女の胸中には複雑な思いがよぎる。求婚を振り切っての旅である。父について赴任地、越前の武生《たけふ》へ行くべきか、それとも求婚に応じるべきか、思案の末の決断であった。

　姉が生きていればどのような助言をしてくれただろうか。姉亡き今、彼女の存在の大きさを痛感する。「宣孝《のぶたか》殿は愉快で闊《かっ》達《たつ》、頼りがいのある人ですよ。あなたのように内気な人にはぴったりだと思いますよ」優しかった姉の声がどこからともなく聞こえてくる。でも、お姉さま、あのお方にはいく人もの妻がいらっしゃるのですよ。それにお年もお父さまとあまり変わりがない。

式部が、思いに浸っていると外から従者の声が聞こえてきた。

「走井《はしりい》に着きましてございます」

一行は足を止め、喉を潤す。

走井は大津市大谷町、月心寺付近にあった清水である。現在、月心寺に井筒の走井があるが、これは江戸時代のもので、式部の生きた平安時代には裏の音羽山から流れる清水の細流を筧《かけい》で引き、ためた水を走井といったらしい。

逢坂の峠路はしだいに勾配を増し、牛の歩みものろくなってきた。ぎらつく外光が牛車の中にいても感じられる。式部はふと口ずさんだ。

逢坂の木の下露に濡れしより
わが衣手は今も乾かず

堤中納言と呼ばれた有名な歌人で彼女の曽祖父、藤原兼輔《かねすけ》の歌である。伯父が曽祖父の歌を歌の手本としてよく朗詠してくれた。その伯父為頼《ためより》が餞別に贈ってくれた歌を添えた小袿《こうちぎ》を式部は持参している。

いよいよ関が近づいてきたらしい。「過所《かしょ》を、過所を…」と通行手形を見せるよう命ずる関の番人らしい声が聞こえ、ざわめきが感じられた。

これやこの往くもかへるも別れては
知るも知らぬも逢坂の関

式部は後撰集の蝉丸の歌を口ずさみ、涙ぐんだ。自分はまさしく都から田舎へ行く人なのだ。都へ帰る人となるのはいったいいつのことになるだろう。

逢坂は今も昔も交通の要所である。国道一号と一六一号が交差する周辺に「逢坂山関址」の石碑があり、その下には京阪電車が走っている。九世紀はじめに越前敦賀の愛発《あらち》の関が廃され、代わってできたのがこの関だった。古人が苦労して越えた関も今は瞬く間に通り過ぎてしまう。だが、かつての逢坂の関は今よりはるかに高所にあった。二度にわたり、峠が掘り下げられたからである。一度目は慶応三年（一八六七）に約六メートル、二度目は昭和六年（一九三一）から八年にかけて四メートル、幕末までは逢坂の関は今より十メートルも高かったことになる。

⬅関蝉丸神社の蝉丸歌碑「これやこの往くもかへるも別れては知るも知らぬも逢坂の関」と詠んだ蝉丸は、琵琶の達人として知られる

「姫さま、外に出ておいでなさいませ。琵琶湖のなんと美しいこと」侍女の声に誘われ、式部は牛車を下りた。彼方に海と見紛うばかりの湖が広がっている。父も湖に心を奪われているのか微動もせず立ち尽くしている。湖の向こう、さらに山をいくつか越えたところが越前の国なのだろう。「越前はな、大国でもあるが、和紙の名産地じゃ。そなたも存分に何かを綴ってみてもよいぞ」

　式部は今、越前の国司が決定した時の父の言葉を思い起こし、はじめて父の越前への思い入れを知ったのである。はじめ為時が国司として任命された国は小国淡路であった。彼は落胆して不服を訴える申文を漢文にしたためて一条天皇に送った。申文を見た天皇は感動し、為時のような優れた学者を重用しえない帝王としての不明ぶりを恥じられた。それを察した道長がすでに越前守として決まっていた彼の乳母子《めのとご》、源国盛を呼んで交替させ、為時が越前守に任命される、といういきさつがあったのである。

「苦学の寒夜は紅涙、袖を霑《うるお》し
除目の春朝は蒼天、眼に在り」

　確かに式部の知る限りにおいても為時は、血を流すような苦学を重ねてきたが、いっこうに国司の任官はなかった。除目のたびに朝はいつも青空を見上げながら天の正義を恨むという年月であった。彼女は今、大国へ向かう父の後姿を見つめながら老父の執念を思わないではいられなかった。

白鬚神社

式部の一行が打出の浜に着くと、浜には数艘の船がもやっていた。端の方にやや小ぶりの屋形船も人待ち顔である。「今宵はここで一泊となります」従者がことさら声を大きくしている。国司藤原為時の存在を披露しているかのようだ。式部は先ほどから左方に浮かんでいる屋形船に目をやっていた。『蜻蛉《かげろう》日記』の作者、道綱《みちつな》の母はあのような舟で石山まで行ったのだろうか。それにしても打出の浜に立ちながら石山寺に参詣できないのは残念でならない。式部は石山寺のある方向をしばらく眺めていたが、溜息をついた。熱心に求婚してくる藤原宣孝の顔が浮かんできたからだ。昨年、筑前守の任期を終え京へ戻って

三尾の海に
網引く民の手間もなく
立ち居につけて都恋しも

➡打出浜を出た式部らが通った三尾崎付近に建つ白鬚神社。湖中に朱色の鳥居がたたずむ

からというもの幾度、求婚の文を送ってきただろうか。その一方で宣孝は参議近江権守の娘にも恋慕しているというではないか。そんな噂が式部の耳にも入っているというのに、「私はあなただけをひたすら思っているのですよ。浮気心などどうして持ちえましょう」などと厚かましいことをいってくる。

　式部は腹立たしくなって

みづうみに友よぶ千鳥ことならば
八十《やそ》の湊に声絶えなせそ

と皮肉を言って返歌したものだ。

　眼前を千鳥が鳴きながら飛んでいく。あの千鳥はどこへいくのやら、と思っていると、侍女が式部の方を見て苦笑した。彼女は「あちこち言い寄るのなら

⬆白鬚神社の式部歌碑

いっそのこと琵琶湖の千鳥のように近江の湊という湊に女を求めて声を絶やさず呼び歩いたらいかがですか」と式部が宣孝へ送った怒りの歌を覚えていたのだろう。式部もばつが悪そうに笑んだ。

　結婚もしない前から夜離《よがれ》を心配させられるなんてとんでもない。ああ、それにしても道綱の母はどれほどやきもきなさったことだろう。夫兼家殿にはたくさんの妻がいらっしゃったから。そう思い、式部は再び、苦笑した。式部が知るだけでも宣孝にも三、四人の妻がいる。私の選択はやはり間違ってはいなかった。私にとって父だけが頼れる存在なのだ。彼女は我が心に言い聞かせる。

　翌朝、式部たちは舟に乗り、湖の西岸沿いに北へ向かった。一行の乗った三艘の舟は後になり、先になり進んでいく。為時は打出の浜での盛大な見送りの余韻に浸っているのか頬が紅潮気味である。

「あれが比叡のお山ですね。何と神々しいこと。そしてこちらが比良《ひら》のお山」

　侍女の一人が手を合わせると皆、一様に手を合わせる。舟に乗るのははじめてだからか、どことなく宙を浮いているような感じがして心もとない。侍女たちも同じ思いなのだろう。舟が揺れるたびに声を上げている。

　やがて式部は珍しい光景を目にした。浜辺に漁師たちの網を引く姿が見えたのである。彼らは手を休めるひまもなく、忙しそうに立ったりかがんだりしている。

「この辺りが『続日本記』に出

⬆湖上を進む式部らが一夜を過ごしたと考えられる高島市勝野付近

ている三尾《みお》が崎に違いない」

為時の言葉に一同はうなずき、なおも漁をする民たちの姿に釘づけになっている。式部はつぶやいた。

三尾の海に網引く民の手間もなく
立ち居につけても都恋しも

ずいぶん遠くまできてしまったものだ。伯父の家族が一緒とはいえ、一人残った弟はどうしているだろうか。彼女は早くも都を恋しく思っているのである。

三尾崎は高島市の明神崎の古名で、万葉集に「思ひつつ来れど来かねて水尾が崎真長の浦をまたかへり見つ」とあり、水尾が崎とも書く。漁師たちが網を引いていた場所は現在、湖中に浮かぶ朱塗りの大鳥居が立っている近くであろうか。

大津から約三十キロ、白砂の浜に立つと足をつけたくなるような澄んだ水がかすかに波うっている。

国道一六一号をはさんで大鳥居と白鬚《しらひげ》神社が向かい合い、現在の本殿は慶長八年（一六〇三）に豊臣秀頼によって造営されたものである。境内には近年建てられた漁師を詠った紫式部の歌碑がある。三尾崎を通り過ぎるとやがて勝野の津である。恐らく為時と式部の一行はこの周辺で船泊《ふなどま》りをしたのではなかろうか。今も高島市勝野辺りには安《あ》曇《ど》川の河口、舟木崎をはじめ、船泊りを髣髴《ほうふつ》とさせる小さな入江が見られる。

かきくもり
夕立つ波の
荒ければ
浮きたる舟ぞ
静心なき

⬆天保5年（1834）建立の塩津海道の常夜灯。「五穀成就海道繁栄」の文字が見える。傍には、越前に下向した式部が深坂峠で詠んだといわれる「知りぬらむ往来にならす塩津山　世に経る道はからきものぞと」の歌碑がたつ

塩津海道

翌朝、塩津に向けて舟は出発した。比良山が遠ざかり、代わって竹生島《ちくぶしま》が近づいてきた。近江ともやがてお別れか、と思うとわびしさがこみあげてくる。行き着くところは都とはいっそう遠く離れた父の任国である。そん

⬆琵琶湖の夕景。右手湾の奥が塩津港付近

な式部の耳に「夕立が来ますぞ、ご用心、ご用心」と船頭の声が聞こえてきた。空を見上げると先ほどまでぎらぎらしていた太陽が黒雲に覆われ、不気味な様子を漂わせている。三艘の舟から呼びかけ合う船頭の声が終わらない先に稲光が走り、雷鳴がとどろきだした。式部は思わず、かたわらの侍女と抱き合った。

雨風が激しくなり、舟は木の葉のように波に翻弄される。「ああ仏様、どうか命だけはお助けください」侍女はそう言い、経を唱え始めた。

かきくもり夕立つ波の荒ければ
浮きたる舟ぞ静心なき

式部はどんな時でも物事を見据える視線を忘れない。突然の夕立の襲来に不安におののきな

↑塩津港から深坂峠へ、そして越前へと続いた塩津海道の町並

がらも詠ずる理性を持ち合わせている。彼女の心の奥底には自然の脅威だけでなく未知の土地への不安も渦巻いていた。が、彼女はこの湖上での恐ろしい経験を後に『源氏物語』に生かしている。「須磨」の巻と「玉鬘《たまかずら》」の巻にそれとおぼしき情景描写が見られる。

夕立ちは止み、やっとの思いで一行は琵琶湖の北の端、塩津の港に着いた。為時の乗った舟を先頭に、紫式部と侍女たち、最後に道具類を運ぶ従者たちが次々降り立った。式部は父の表情が変わったことに気づいた。老齢の顔が引き締まり、貫禄さえ感じられる。父は国守の顔になったのだ。港には武生や敦賀から役人たちが新任国司を出迎え、勢ぞろいしている。式部はそれとなく父を見やり涙ぐん

⬆塩津神社
志汲谷（しばたに）の塩池で製塩していた一族が、塩土老翁（しおつちのおじ）を祀ったのが始まりといわれる。社殿の華麗さは往時の繁栄を物語る

だ。十年の無官時代を父がいかに無念の思いで過ごしてきたか、そしてこの度の任官にどれだけ意気込みを抱いているか、痛感させられた。越前に到着すれば新任国司を迎えるいくつもの儀式がひかえている。為時は早くも心の準備をしていたのである。

　塩津港は西浅井《にしあざい》町塩津浜の大坪川河口にあるが往時を偲ばせる面影はない。港には小さな漁船が数隻繋がれているだけである。狭い砂浜がかろうじて浜の体をなし、眼前に琵琶湖が広がっていなければ、とても北陸からの物資輸送の重要な港であったとは思えない。が、周辺を散策してみるとかつての名残を見出すことができる。塩津北口には常夜灯があり、大坪川船溜まり跡が残されている。また港からほど近い所に古代の法典『延喜式』に記される塩津神社がある。無事船旅を終えた為時の一行も塩津神社に参ったことだろう。

　『延喜式』によると塩津海道は敦賀から物資を塩津に運ぶルートとして定められ、塩津浜はその終点であり、式部の生きた時代、すでに陸路と海路の重要な交通路であった。江戸時代、延宝五年（一六七七）の記録には旅籠五十戸・問屋・荷物運搬一二十戸・一日の船の出入りは二百隻を超えたという。

⬆塩津で一泊した式部らが通ったと思われる深坂の古道。険しい山越えの道は五里半越えとも呼ばれる。
塩津港を北上し越前国境の深坂峠を越えるこの道は、古代より畿内と北陸を結ぶ重要な交通路であった

知りぬらむ
往来《ゆきき》に慣らす塩津山
世に経る道はからきものぞと

⬆平清盛の琵琶湖と日本海を結ぶ運河計画を阻んだといわれる巨石を祀ると伝わる。塩津海道を往来する人びとが当時貴重品であった塩を供えて安全を祈願したため、「塩かけ地蔵」ともいわれる

深坂古道

塩津で一泊した一行は難所、塩津山へと向かった。輿《こし》をかつぐ男たちがよろけそうになったのか、乗っている式部も体が前のめりになる。彼女は男たちの言葉が珍しくじっと耳を傾けていた。都とはちがって妙な癖のある口調である。そのうち彼らの話す言葉もわかるようになった。「何度歩いてもこの道はつらい道だわい」「つらい道でも仕事だから仕方あるめえ」男たちはぶつぶつ言いながら峠路を上って行く。

式部は輿の上で思わずにんまりした。塩津山は名の通り辛い塩の山道、その辛い山道を越えるのが辛い、と言った男たちの偶然の言葉に興味を覚えたのである。「生きていく世渡りの道

⬆国道８号沿いの紫式部公園にたつ式部の歌碑。常夜灯に隣接する

はどんなことでもみんな辛く厳しいものなのですよ。わかりましたでしょ」

知りぬらむ往来《ゆきき》に慣らす塩津山
世に経る道はからきものぞと

男たちの耳には届いていなかったであろうが、式部は輿の中から歌を詠み、人の世とはそういうものだと言ってやりたかった。

男たちは汗だくになっているのだろう。草いきれに混じって彼らの汗の臭いが式部の鼻をついてくる。彼らも妻や子のためにがんばっているのだろう。父、為時がそうであるように。そんなことを思っているうちに彼女は旅立ちの前に都で起こった大事件を思い起こした。中関白家の伊周、降家兄弟の遠国への左遷である。中関白家の権勢は衰え、代わって道長の世となってきている。我が父はその道長の恩恵を受け幸い越前の国司になれたが、長い辛い時期があった。果たして武生ではどんなことが待ち受けているのだろうか。

宣孝は越前へもたびたび文を送ります、などと調子のいいことをいってきたが、もしかするとあのお方とはこれが最後になるかもしれない。三十六歳になった今、結婚しないで父の世話をしてもよい、とも思う。その一方、心の奥底に閉じ込めていた迷いや不安が再び蠢き出した。

険しい山越えの道、深坂峠は五里半越えとも呼ばれ、標高三七〇メートルもあった。草木が茂り、石や木の根っこの多い山道であるが、湖北と敦賀湾を結ぶ最短ルートであった。

式部の一行が通った昔の深坂越えの旧道を二十分ほど歩くと

地蔵堂があり、深坂地蔵と呼ばれる石地蔵がいらっしゃる。かつて、頭から塩をたっぷりかぶり、入口には新しい塩がたくさん祀ってあった。古くから塩を運んだ道だから塩をかけ、旅の安全を祈ってお参りしたのだという。旧道は途中で途絶えているが、平安時代の深坂峠を存分に偲ばせてくれる。

　ここの地蔵さまには興味深いいわれがある。その昔、平清盛が日本海と琵琶湖をつなぐ大運河を計画し、掘り進めていると、大きな石が現れた。掘り起こしてみると地蔵だったので工事を止め、地蔵を祀ったと伝えられている。

　現在、塩津山の下を北陸本線の深坂トンネルが通じている。式部たちが苦難して越えた峠道を数分間で通り過ぎてしまう。

磯崎

　武生に到着した翌年の秋、式部は早くも帰京を決めた。国司館での暮らしに飽き、京への思いが強くなってきたためだろう。彼女のことだから国司の姫としてかしずかれながらも、決して無為に過ごしていたわけではなかっただろう。「都から運んできた書物はもうすべて読んでしまったわ。お父さまがくださる和紙につれづれを綴ってはみるものの、それも最近、気のりしなくなって」式部は気の合う侍女にそれとなく口にする。侍女はうなずくだけだが、姫さまの心の内はわかっている。国司の姫として当地の人々にとって式部は気になる存在なのだろう。人々の視線は避けられず、式部が疎ましく思っていることも知っている。それに何よりも今、姫の心を捉えているのは藤原宣孝さまだ。

「お父さまのお部屋に行ってきます」

　式部は為時が執務を終え、自室に戻るのを待っていたのである。

「そうか。決心が固まったか」

　為時は笑みを浮かべ、式部を見つめた。父は都の宣孝から求婚の文がたびたびきていたのを知っていたのだろう。宣孝はかつての父の同僚、式部は父が暗黙の了解をしてくれているのがうれしかった。式部とて逡巡《しゅんじゅん》した上での結婚の決意であった。別の女に通いながら「あなただけを愛している」と繰り返す宣孝。腹も立つが、あの熱心さには根負けしてしまう。それに豪放磊落《ごうほうらいらく》で茶目っ気のある性

⬆米原市磯付近の琵琶湖　右手松のかげに高市黒人の歌碑、中央が烏帽子岩
越前から京へ、式部らは琵琶湖の東岸を進み古代の港朝妻を過ぎ、磯の崎に近づくと、
琵琶湖に遊ぶツルのような心境を詠んでいる

磯がくれ
おなじ心に
田鶴《たづ》ぞ鳴く
汝が思ひ
出づる人や誰ぞも

⬆米原市磯には万葉歌人高市黒人が詠んだ「礒崎の漕きたみゆけて あふ美の海　八十のみなとに鵠（たず）さはに鳴く」の歌碑がたつ

格も嫌いではなかった。どんな痛烈な返歌をしても怒らず、受け止めてくれているようだ。彼女は宣孝への愛情がしだいに芽生えてきていることを認めないわけにはいかなかった。

「京に上る使いがあるから頼んでおこう」

父の言葉に彼女は頭を下げた。実は式部も近々、政務などを報告する四度《よどの》使いが都に遣わされることを知っていたのである。

式部たちは一年前にやってきた北陸道を今度は逆に都に向けて出発した。湯尾峠を越え、さらに難所の木ノ芽峠にさしかかった。鉢伏山を主峰とする山々が連なっている。

「あの山は帰山《かえるやま》と呼ばれるのだそうでございますよ」

「まあ、都へ帰る私たちにふさわしい山ですこと」

　式部の心はいっそう弾んでくる。

「峠を越えると今度は敦賀へ下る呼坂《よびざか》じゃ。細くて険しい道じゃから気をつけんとな」輿を担ぐ男たちの気を引き締める声が聞こえてくる。

「それ、猿が出てきよったぞ」

　式部はそっと輿からのぞいた。間近い木々の葉っぱから猿が愛嬌のある顔を向けている。まるで式部に挨拶でもしているように見える。彼女は思わず声をかけた。「お猿さん、おまえも遠い都のあのお方に呼びかけて、あのお方と私が声を交わせるようにしておくれ」

猿もなほ遠方人《おちかたびと》の声交はせ
われ越しわぶるたごの呼坂

　帰路の式部は浮き浮きした気持ちを隠しきれない。行きは辛かった深坂峠越えも木々の紅葉を愛でる余裕さえあった。塩津に着くと役人が言った。

「姫さま、今宵はここで泊り、明日は往路とは違い、西岸でなく東岸を南へ向かいます。西岸とは異なった景色を楽しむことができます」

　式部もその方がうれしい。何事も百聞は一見にしかず、である。

　翌朝、塩津港を発った。水鳥たちが式部たちの舟につき従うように寄ってくる。

「姫さま、ごらんなされませ。伊吹のお山が雪を頂き、白く輝いて見えますわ」

　侍女が感動の声を上げた。式部はこの人は越前で何を見てきたのかしら、とわざと大きな声で歌を詠んだ。

名に高き越の白山ゆき慣れて
伊吹の嶽をなにとこそ見ね

「そうでございましたわね。私どもは雪で名高い白山を一冬、見慣れてきたのでしたわ。伊吹山など物の数ではございません」

　侍女はそう言い、肩をすくめた。

　湖東の磯という浜辺にさしかかった時、鶴の盛んに鳴く声が聞こえてきた。見ると岸辺近くの岩の間に優雅な姿を見せている。

「愛しい相手を恋い慕って鳴いているのですわ」

侍女は式部の方を見て微笑んだ。まあ、いやだ、この人は。私をからかっているのかしら。式部はそう思ったが、確かに自分も鶴と同じような気持ちでいることには違いない。

磯がくれおなじ心に田鶴《たづ》ぞ鳴く
汝が思ひ出づる人や誰ぞも

式部は口ずさみ、侍女と笑い合った。

➡野洲市あやめ浜には、遠くの沖島を望んで式部が詠んだ『おいつ島しまもる神やいさむらん浪もさわがぬわらべの浦』歌碑がたつ

磯とは、米原駅から彦根に向かって西南約三キロの米原市磯の辺りだという。磯漁港のある周辺は砂浜だが、その南端にある磯崎には烏帽子岩《えぼしいわ》と呼ばれる岩が岸辺に突き出ていて、かつてはごつごつした岩が多かったことを思わせる。烏帽子岩は男岩女岩からなっているためか、結岩《むすびいわ》とも呼ばれ、しめ縄が張られている。近くに万葉歌人高市黒人《たけちのくろひと》の歌碑がある。また道路に面する磯山には磯崎神社が鎮座し、古の名残を留めている。

越前の紫式部

式部の越前下向

京の都を出発した式部らは、琵琶湖の西岸沿いに船で移動し、北の端塩津から深坂峠を越えて敦賀に入り、今庄から国府（現在の福井県武生《たけふ》市）にたどり着いたらしい。さまざまな試練の中での越前下向であったと推測される。

武生滞在中の式部が詠んだ歌に

ここにかく
日野の杉むら埋む雪
小塩《をしお》の松に今日やまがえる

（暦に初雪の降る頃と書かれた日に、越前の名山として知られた日野山の杉林が雪で埋ずもれている。都の小塩山にも雪が降っているのだろうか）

がある。

雪が降るなか、遠く都への郷愁をつのらされている。

長徳二年（九九六）の夏に都を離れ、翌年の晩秋から冬に再び京に戻り、わずか一年余の越前で式部が見聞したことはどのようなことだったのか推測の術もない。わずかに、越前からの帰途、近江の霊峰伊吹山の雪景色を眺めながらも、すでに白山の雪景色を見てきた自分には、それほど驚くこともないと言い、供の侍女たちと湖上に群がる水鳥の様子を楽しむなど、都に戻る期待が膨らんでいたことが理解できる。越前下向前には宣孝の求婚を敬遠していた式部も、執拗な彼の求めに次第に心を開いていったことが一層、明るさを取り戻していったのだろうか。わずらわしさ、悲しみから逃避するように都から離れ、しばしの滞在が、式部にとっていっそう人間的な成長を膨らませたのかもしれない。武生市の紫式部公園にたつ「紫式部像」は憂いを含み、都への郷愁を隠しきれないように感じるのは考えすぎであろうか。

⬆武生市紫式部公園の紫式部像（福井県観光連盟提供）

比良八講

『源氏物語』「蜻蛉」「手習」の巻などに法華八講《ほっけはっこう》という行事がたびたび登場する。法華経八巻を読誦・講讃する法会で、死者を供養する目的で行われるものだったが、宗教的な行事とはいえ、現世的な側面もあり盛大な法会を催して一族の結束を確認すると同時に世間に主催者の権勢を誇示する目的もあったとされる。

⬆比良八講にまつわる悲しい伝説のお満を供養するために建てられたお満灯籠（守山市琵琶湖大橋東詰）

現在、一般的に知られる湖国の行事として定着している「比良《ひら》八講」は法華経を4日間で講ずる法華八講の流れをくみ、平安時代には比良明神（白鬚神社）で延暦寺の僧侶が行っていたが、早くにとだえた。その後、延暦寺の僧が比良山中で行っていた法華八講もとだえたが、昭和26（1951）年に復興された。例年3月26日午前9時ごろ、長等《ながら》3丁目の本福寺《ほんぷくじ》を出発した僧や修験者ら約80人がホラ貝を響かせながら大津港までお練りをし、浜大津港から船に乗って湖上修法と浄水祈願を行いながら堅田へと向かい、比良山系から取水した〝法水〟を湖面に注ぎ、物故者の供養や湖上安全を祈願する。この法要のころに比良山から琵琶湖に吹く突風を人々は「比良八荒」、もしくは「比良の八講、荒れじまい」と呼び、この法要が終わると湖国にも本格的な春が訪れるとされる。

また、比良八講をめぐって、八荒という力士に一目惚れした娘（お満《まん》）が「100日通ったら嫁にする」と言うとおり、琵琶湖をたらい舟に乗って99日通いつめ、100日目の夜に明かりが灯されなかったために、娘は琵琶湖に没してしまったという伝説がある。この時期には湖上の大荒れによって、昭和16年に起こった四高（金沢大学）ボート部の遭難のように水難事故が多発する。

式部、京から越前へ

〈高島市〉◇電車で…JR湖西線近江高島駅から徒歩3分（大溝城跡）◇車で…国道161号滋賀バイパス比良ランプから15分
〈西浅井町〉◇電車で…JR近江塩津駅からバス鶴ケ丘下車徒歩20分（深坂地蔵）◇車で…北陸道木之本ICから30分（深坂地蔵）

【万葉の世界が広がる高島市】

白鬚神社《しらひげじんじゃ》

湖中にある朱塗りの大鳥居が有名で、延命長寿、縁結び、子授け、開運招福の神様として信仰されている。現在の本殿は慶長8年（1603）に造営されたもので国の重要文化財。
所高島市鵜川215　☎0740-36-1555　時8:00～17:00　◇JR近江高島駅から車で5分／名神京都東ICから70分、または北陸道木之本ICから50分、または北陸道敦賀ICから60分　P普通車50台、大型車可

大溝城跡《おおみぞじょうあと》

大溝城は織田信澄（信長の甥）が安土・桃山時代に築城したもので、商家や寺院などを移して城下町を形成した。「鴻湖（こうこ）城」とも呼ばれていた。
所高島市勝野　☎0740-36-8135（びわ湖高島観光協会高島支所）　◇JR近江高島駅から徒歩5分　名神京都東ICから70分、または北陸道木之本ICから50分、または北陸道敦賀ICから60分　P普通車3台

鵜川四十八体石仏群《うかわしじゅうはったいせきぶつぐん》

観音寺城城主の佐々木六角義賢（ろっかくよしかた）が亡き母の菩提を弔うため、琵琶湖の対岸にあたる鵜川に建立したもの。現在鵜川に33体残る。
所高島市鵜川　☎0740-36-8135（びわ湖高島観光協会高島支所）　◇JR近江高島駅から車で5分　名神京都東ICから70分、または北陸道木之本ICから50分、または北陸道敦道賀ICから60分

高島歴史民俗資料館《たかしまれきしみんぞくしりょうかん》

鴨稲荷山古墳の近くにあり、鴨遺跡から出土した副葬品や、実際に使われていた民具などが展示されている。
所高島市鴨2239　☎0740-36-1553　時9:30～16:30　休月・火曜日・祝日（5月5日、11月3日を除く）・年末年始　¥無料（30名以上の団体見学の場合は要連絡）　◇JR近江高島駅から車で5分／名神京都東ICから70分、または北陸道木之本ICから50分、または北陸道敦賀ICから60分　P普通車7台、大型車1台

鴨稲荷山古墳《かもいなりやまこふん》

石棺からは金銅冠・金製耳飾・鏡・玉類など、朝鮮半島の出土品とよく似た副葬品が発見された。被葬者は第26代継体天皇を支え、このあたりを支配していた近江三尾（みお）氏に関係する人物ではないかといわれている。
所高島市鴨　☎0740-36-1553（高島歴史民俗資料館）　◇高島駅から車で5分／名神京都東ICから70分、または北陸道木之本ICから50分、または北陸道敦賀ICから60分

【琵琶湖から塩津海道へ】

菅浦郷土資料館《すがうらきょうどしりょうかん》

鎌倉時代から明治時代の初めにかけてつくられた村落や漁村生活を記した菅浦文書、絵図など菅浦の歴史に関する史料が展示されている。
所西浅井町菅浦　☎0749-89-1121（西浅井町観光協会）　時日祝日10:00～17:00、土曜日13:00～17:00（平日要予約）　¥100円　◇JR永原駅からバスで菅浦下車すぐ／北陸道木之本ICから25分　P普通車10台

北淡海丸子船の館《きたおうみまるこぶねのやかた》

現存する丸子船の展示を中心に、船体備品や航海・荷造作業備品から生活用具まで貴重な資料の数々が展示されている。
所西浅井町大浦582　☎0749-89-1130　時9:00～17:00（11月1日～3月31日は10:00～16:00）　休火曜日（祝日の場合は翌日）・年末年始　¥200円（20名以上180円）　◇JR永原駅から徒歩5分、またはバス丸子船の館前下車　北陸道木之本ICから20分　P普通車7台、大型車2台

塩津神社《しおつじんじゃ》

湖上交通の守護神であった塩津神社には、塩をつくったとされる塩土老翁（しおつちのおきな）が祀られており、地名の由来となっている。
所西浅井町塩津浜　◇JR近江塩津駅から徒歩30分、またはバス塩津南口下車すぐ／北陸道木之本ICから10分

深坂峠《ふかさかとうげ》

古代における越前・近江国境越えの深坂（ふかさか）古道はかつては「みさか」ともいわれ、愛発（あらち）山越えと海津山越え（深坂越え）とがあった。長徳2年（996）頃、紫式部が父藤原為時とともにこの峠を越えたときの詞書と歌が残る。
所西浅井町沓掛　◇JR近江塩津駅からバス鶴ヶ丘下車、徒歩20分／北陸道木之本ICから30分

深坂地蔵《ふかさかじぞう》

別名「掘止め地蔵」または「塩かけ地蔵」と呼ばれている。平清盛がこの地に運河を掘ろうとしたが、岩が多く工事が難行したうえ、大岩を割る者が腹痛を訴えたため、掘るのを止めたといわれる。この伝承を聞いた旅人が道中の安全を願い塩をお供えしたと伝えられている。
所西浅井町沓掛　◇JR近江塩津駅からバス鶴ヶ丘下車、徒歩20分／北陸道木之本ICから30分　P普通車5台

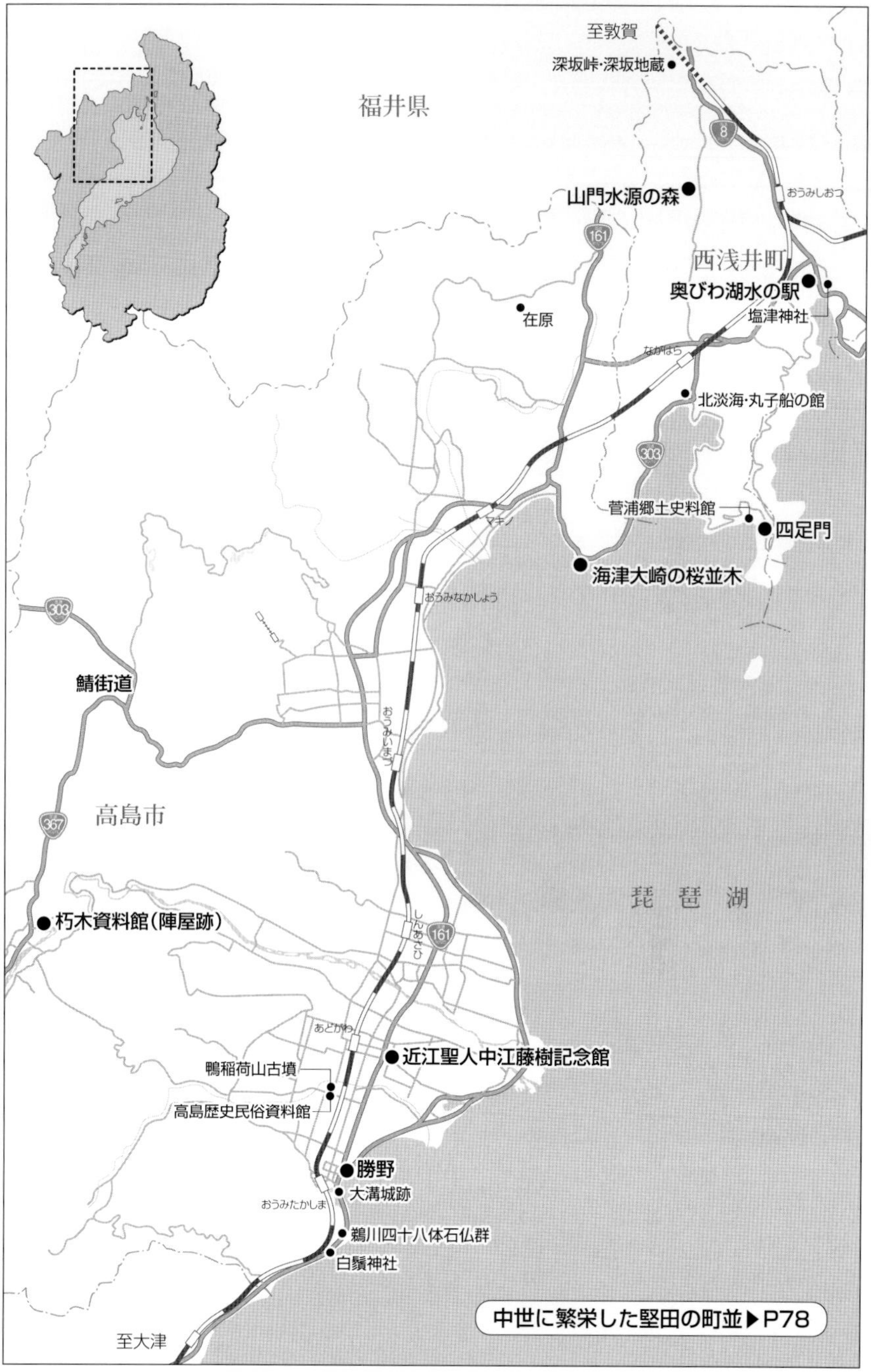

中世に繁栄した堅田の町並▶P78

光源氏のモデル源融と、源信

⬅光源氏のモデルといわれる源融を祀る大津市仰木の融神社。天慶8年（945）伊香立の荘官平群三河懐昌が創建したと伝わる。桧木立の参道が延び、石の鳥居と木の明神鳥居が並ぶ

光源氏のモデル、源融

式部は物語の構想がふくらんでくるにつれ、主人公の人物像に思いを巡らせた。当然、高貴な身分の男君でなければならない。それにやはり読み手が憧れを抱くような美男で、もののあわれが理解できる風流人でもあってほしい。それにもまして大切なのは女心が理解できる人物であること。あれこれ考えているうちに彼女はある人物に思い当たった。

今では伝説の人となっている

嵯峨天皇の皇子で臣下となって、源氏姓を賜った源融《みなもとのとおる》である。為頼《ためより》伯父が昔語りとしてよく語り聞かせてくれた人物である。

「そなたの曽祖父兼輔《かねすけ》じいさんがどうして賀茂川の堤に屋敷をつくり、四季とりどりの花の咲く庭園をつくったか知っておるかな。兼輔はかつての左大臣源融の邸を真似たのじゃ。孫のわたしらにそう語り聞かせてくれたから間違いあるまい。源融は河原左大臣と呼ばれ、政治家というより風雅に凝ったお方じゃった。歌も数は多くはないが名歌をものす人で、そんな点も兼輔じいさんが気に入るところであったようだ」

「知っていますわ、伯父さま」

式部はそう言い即座に声高らかに朗詠した。

陸奥《みちのく》のしのぶもぢずり誰ゆゑに
みだれそめにしわれならなくに

　古今集に収められた一首で彼女の好きな融の歌である。

「兼輔じいさんの邸には古今集の撰者の一人、紀貫之《きのつらゆき》もよく出入りしていたらしい。つまり我々が住むこの邸はかつて名の知れた歌人たちが堤中納言と呼ばれた兼輔の人間性を慕って集まっていたというわけだ。子供の身にも兼輔じいさんは魅力的に思えたよ。醍醐天皇にお仕えし、天皇も兼輔を信頼されていたらしい。兼輔の娘桑子《そうし》は醍醐帝の更衣《こうい》として入内していたし、まあ、我が一門の華やかなりし時といえただろう。そこで兼輔はみんなに喜んでもらおうと風流な庭をつくった。その手本としたのが賀茂川のほとり、六条につくられた広大な左大臣のお邸だったということだ。もっとも河原院《かわらのいん》と呼ばれた左大臣邸と我が兼輔邸とは比べものにならないがね。しかし、大臣がお亡くなりになった後は持ち主も変わってしまった。それに関して、おもしろい話が言い伝えられているのだよ」

　伯父は式部の表情を焦らすように見つめ、にんまりとした。式部はその話がおもしろくて伯父に何度も催促したものだった。

「左大臣亡きあと、河原院は宇多法皇の領地となっていた。

　ある夜、法皇が京極御息所《きょうごくのみやすどころ》とこの邸にやってきて仮の臥床《ふしど》で休んでいると夜中に塗籠《ぬりごめ》の戸を開けて正体不明の者が出てきた。『誰だ』と法皇がたずねると、『源融でございます。御息所を賜わりにまいりました』という。法皇は怒り、『さがれ』と言ってもその死霊はきかず、逆に法皇に飛びかかったということだ。法皇は生きた心地もなく従者を呼んだが、その声が聞こえないのか誰もこない。ようやくやってきたお伴の者が法皇と御息所を車に乗せたが、御息所は顔色も青ざめ、すでに息が絶えていた。だが、その後、僧の加持《かじ》でやっと生き返ったというのだよ」

　式部は為頼の話を甦らせ、源融こそ、物語の主人公にふさわしい貴人だと確信したのである。

　左大臣源融は賀茂川の西、二町四方（一万八千坪）の地に河原院という広大な御殿を建てた。庭には四季の花の美しさはいうまでもなく、陸奥の国の塩

⬆源融神社の本殿
一間社流（いっけんしゃながれ）造りの本殿の隣に融の母大原全子（おおはらのぜんし）が合祀されている

釜に模した珍しい池をつくった。池には海水をたたえ、魚や貝をはなち、毎月難波の浦から三十石の海水を運び入れ、そこで藻塩を焼く風雅を楽しんだといわれている。

源融は陸奥・出羽の按察使《あぜち》に任命されたが、遙任《ようにん》という形で、実際には赴任していない。だが、風流人の彼は当地の話を聞くだけでは収まらず、自分の庭に塩釜を模した池をつくり、塩を焼いたものと思われる。多賀城の浮島には融神社があり、塩釜の泉ケ丘が融ケ丘と呼ばれたりするのも融の都での評判に由来しているのかもしれない。『伊勢物語』や『宇治拾遺物語』能の「融」にも融が「庭につくった塩釜」の話が登場する。

光源氏の住まい、紫の上をはじめとする女君たちが住んだ六

条院はまさしくこの河原院を思い描いてのことだろう。また「宇治十帖」に登場する宇治の山荘も、元は融の所有であったが、後に藤原頼通《よりみち》のものとなり、平等院と呼ばれるようになる。

融神社

琵琶湖の西岸、堅田《かたた》から山がわに入って行くと伊香立南庄《いかだちみなみしょう》の集落が左手に見えてくる。山麓には棚田が広がり、里山と一体となった牧歌的な光景に心が和んでいく。やがて真野川の支流、融川に行きつく。朱塗りの欄干が融川にちょっぴりみやびを添えている。源融は神社だけでなく、川の名ともなってその存在を誇示しているのである。美しい桧並木の参道が延び、遠目に鳥居が見えてきた。一つは話に聞く石の、もう一つは木の

➡比叡山山麓の仰木地区に広がる棚田

⬆風流人の融が今にも現れそうな融神社の参道が本殿まで続く

明神鳥居なのだろう。車止まで進むと奥に本殿が見える。こけら葺きの一間社《いっけんしゃ》流《ながれ》造りだという。その隣の社殿には融の母、大原全子《おおはらのぜんし》が合祀され、親子仲良く鎮座していらっしゃる。当地は平安の昔、融の荘園であったと伝えられている。

社伝によればこの神社は天慶八年（九四五）、伊香立の荘官平群《へぐり》三河《みかわ》懐昌によって創建されたという。宇多天皇の寛平年間（八八九〜八九三）に融が閑居した地ともいわれているので、政治的に不本意なことがあったのかもしれない。新帝擁立を巡って後の宇多天皇を推す藤原基経《もとつね》と争いがあったとかいわれている。融の死後、彼の別荘や邸宅が藤原氏所有になっていく。融の子孫によって献上されたのだが、しだいに専横になっていく

⬆右図は宇治院の木陰で正気を失った浮舟を見つけた僧都。左は浮舟が僧都に出家を懇願するようす（『日本書誌学体系　絵入本源氏物語考』「手習」より）

藤原氏への反感が彼の中にあったのは間違いないだろう。

能「融」はそんな融の胸中が垣間見られる。融の霊は宇多上皇にここは自分の屋敷であったと抗議するのである。

人気のない地に一人佇んでいると能「融」に現れる彼の霊と出くわしそうな気配がしてくる。が、融の霊は怨霊といったおどろおどろしいものではない。塩釜の池で知られるように、風流人の彼は政治より文化に力を注いだ人であったのだろう。その風流人光源氏のモデルといわれる源融を偲んでか、舞踊家が創作舞踊「源氏舞」を融の命日の八月二十五日にこの社で奉納するということだ。

横川の僧のモデル、源信

式部が物語の中に高僧の登場

を考えるようになったのは、中宮彰子《しょうし》と心の内を語るようになってからである。ある時、中宮は式部に言った。「はじめのころ、そなたがすっかりうちとけた気持で私に対してくれるとは思ってもいませんでしたよ。今はこんなに親密になってしまいました。他の女房に話せないことでもそなたには話すことができます」そう言い、中宮はある悩みを口にしたのだった。

　それは父、藤原道長の横暴な振る舞いに対する困惑であった。中宮の言葉によると道長が一条天皇と亡き定子《ていし》との間に生まれた敦康《あつやす》親王を退け、娘の産んだ敦成《あつひら》親王を東宮に立てようと画策しているとのことである。彰子は自分の産んだ敦成ではなく、第一皇子、敦康親王を東宮に立てるべきだと父の道長に申し立てたところ、道長はなんのためにそなたを入内させたのか、と立腹したのだという。「式部、私は父の専横な振る舞いを見るにつけ、心が痛み、とても往生できそうもありません」

　中宮はその後もたびたび心苦しさを口にした。式部はこれまでにも物語の中に出家する女君を登場させてはいた。式部自身も観音様におすがりしたいことは今まで何度もあった。出家することでしか心の憂さは晴れないのではないかと思ったこともある。物語はかなり進んでいたが、彼女はまだ女君たちの苦しみを救ってくれるような高僧を物語中に登場させてはいなかった。

　やはり救いがなければならない。式部は物語の欠けている点を中宮に指摘されたような気持ちになった。この時、式部の頭に浮かんできたのが、比叡山横《よ》川《かわ》の恵心僧都《えしんそうず》である。かのお坊さまは帝も第一の高僧として認めていられる。式部が何よりも恵心僧都を尊敬しているのはあらゆる名利を離れ、ひたすら仏道に精進していることを耳にしていたからである。同室の友でもあり、女房の中では一番気心の合う小少将君《こしょうしょうのきみ》も「私も恵心僧都のもとで出家したい」とときおり口にすることがあった。父が早く出家し、夫との仲もうまくいかなかった小少将君は「世を憂し」と思う式部と似たところがあるのだった。

　源信《げんしん》は平安時代中期（九四二—一〇一七）の天台宗の僧で比叡山横川の恵心院に籠もったこ

➡横川の僧のモデルとなった恵心僧都源信画像（聖衆来迎寺蔵、写真は滋賀県立琵琶湖文化館提供）『源氏物語』「手習」の巻に「朝廷の召しにも従わぬ……横川になにがしかの僧都とかいいて、いと尊き人、住みけり」と書かれたモデルが源信であり、身投げした浮舟のために祈るようすが『源氏物語』に描かれている

⬆近江八景のひとつ「堅田の落雁」で著名な浮御堂の寺名は海門山満月寺といい、平安時代、源信が湖上の安全と衆生済度（しゅじょうさいど）を念じて、千体阿弥陀仏を安置したのがその始まりと伝わる。現在の建物は昭和12年に再建されたもの

とから恵心僧都とも呼ばれた。大和の当麻《たいま》で生まれ、父卜部《うらべ》氏の死後、信仰心の篤い母清原氏の影響で九歳の時、良源《りょうげん》（元《がん》三《ざん》大師）の門に入る。十五歳の時、村上天皇から法華八講の講師の一人に選ばれたが、母の教えにより、横川の恵心院に籠もり、いっそう仏道に精進する。「後の世を導く僧とたのしみに、世渡る僧となるぞ悲しき」というのが母の教えであったという。寛弘元年（一〇〇四）に権少僧都となったが、翌年辞退する。その後、『往生要集』を著述する。往生への道は念仏しかないと、特に念仏門を開いた。『源氏物語』の宇治十帖に登場する横川の僧都は源信がモデルとなっており、浮舟は横川の僧都のもとで出家するのである。

源信が創建した
海門山満月寺

　古の風雅を髣髴《ほうふつ》とさせる浮御《うきみ》堂《どう》は琵琶湖大橋の西のたもと、堅田にある。湖上に浮かぶ優美な姿を遠目にすると、心は早、当地に飛び、交通渋滞が恨めしく思えることが何度かあった。平安の世、恵心僧都源信が湖上の安全と衆生《しゅじょう》済度《さいど》を願って建てたのが浮御堂の始まりだという。この地は古来、湖上交通の要地で、海難事故も少なくなかったのだろう。正式名を海門山満月寺といい、これまたおもむき深い名称である。

　門をくぐると境内には樹齢五百年といわれる老松がそびえ、その向こうには琵琶湖が広がり、浮御堂が湖上に姿を見せる。左手には観音堂があり、重要文化財聖観音坐像がいらっしゃる。境内から浮御堂へはまるで浄土への架け橋のように橋が伸びている。まずは源信が一体一体自ら刻んだという千体の阿弥陀仏に手を合わせる。母の教え通り、世を渡る僧でなく、後の世を導く僧となった源信の唱える念仏がほの暗い堂内から聞こえてきそうな気がしてくる。

　厳かな面持ちで浮御堂のぐるりを巡ると一転して琵琶湖が開け、西方浄土の池を思わせる。そういえば源信は千体の阿弥陀如来像を安置してひたすら行に励み、水想観を行ったといわれている。水想観とは紅白の蓮華が乱れ咲く西方浄土の池に思いをこらし念仏を唱えることだという。源信が浮御堂でこの行を始めると堂内に水がみるみる湧き出て浄土の池にいるような心地になったと伝えられている。

　思えば琵琶湖は聖なる山、比叡山の池ともいえる。その琵琶湖には古より蓮の華が咲いていた記録が残っている。今も草津の烏丸《からすま》半島には日本最大ともいわれる蓮花の群生が見られる。もしかすると源信の生きたころ、浮御堂周辺の湖面に蓮花が群れ咲いていたのかもしれない。様々な思いがふくらんでいくのも雄大な自然と歴史が融合した風光明媚な地であるからだろう。

　近江八景の一つ、「堅田の落雁」の地、浮御堂を訪れた文人墨客も多い。境内には芭蕉の「鎖《じょう》あけて月さし入れよ浮御堂」の句碑があり、浮御堂の横の湖中には高浜虚子の「湖もこの辺にして鳥渡る」の句碑が立っている。

源信ゆかりの 堅田の町並

堅田は平安時代から湖上交通の拠点として成長してきたが、源信もその安全を祈願し、浮御堂を建立するなどして貢献した。中世になると琵琶湖の水運はいっそう発展し、堅田は水運・漁業権を一手に握る自治都市として歴史に名を留めた。

浮御堂から北へ伸びる街道筋を行くと閑静な町並が続き、その一画に天然図画亭《てんねんずえてい》がある。中世からの豪族三家の一つに数えられた居初《いそめ》家である。湖上の特権を持つ地待であり、歴史や文化を築いた堅田衆の代表であろう。

居初家の書院からは三上山をはじめ湖東の山々が眺められ、庭園の借景となって雄大な景色をつくりだしている。堅田衆の経済力を思わないではいられない。江戸時代になると堅田の水運は衰えてきたが、町には今も湖水を引き込んだ掘割が見られ、往時が偲ばれる。

⬆満月寺の観音堂の周囲を1000体の阿弥陀如来がとりまく

浮御堂近辺の細い路地を散策しているうちに不思議な光景に出くわす。路地の角を曲がるたびに神社や仏閣が現れるのである。本福寺《ほんぷく》、光徳寺《こうとく》、いずれも蓮如《れんにょ》上人ゆかりの寺である。蓮如といえば、親鸞《しんらん》の念仏の教えを広めた浄土真宗再興の祖。「往生への道は念仏しかない」とした源信の教えはこの堅田に生き続けていたのである。

本福寺は蓮如が応仁の乱を避けて近江の布教の拠点とした寺である。また光徳寺は「堅田源兵衛の首」で知られる。言い伝

⬆居初氏庭園
堅田衆の指導的立場にあった地侍の殿原衆のひとり、居初氏の邸宅「天然図画亭」は、琵琶湖と湖東の山並を借景とし季節ごとの美しさをみせる

えによると、蓮如が御真影を引き取りに三井寺《みい》へ出かけると、人間の生首を交換条件に出された。その時、源兵衛が自ら進んで自害し、首をささげたという。光徳寺には源兵衛の首が安置されており、源兵衛親子の銅像も建っている。

湖岸に沿って歩いていくと高さ八メートルの木造の灯台に出会う。残念ながら源信の祈りは一〇〇パーセント届かなかったようだ。その後も船の座礁や難破事故が絶えず、この出島《でけじま》の灯台が建てられた。昭和二十六年（一九五一）までその役割を果たしていたが、現在、役を終え静かに湖上を見守っている。遠い、平安の世、源信もこの港に立ち、湖の事故の多さに苦慮し、浮御堂建立を決意したのかもしれない。

⬆琵琶湖東岸から見る比叡山

中世に繁栄した堅田の町並

◇大津市本堅田ほか077-573-1000（堅田駅前観光案内所）
◇電車で　JR堅田駅からバス堅田町循環線利用
◇車で　湖西道路真野ICから10分、または名神栗東ICから40分　普通車10台（湖族の郷資料館前）

浮《うき》御《み》堂《どう》で知られる堅田は、中世、琵琶湖の水運・漁業権を一手に掌握し、自治都市として歴史にその名を馳せた。まちには湖水を引き込んだ掘割が今も残り、堅田の歴史を今に伝えている。

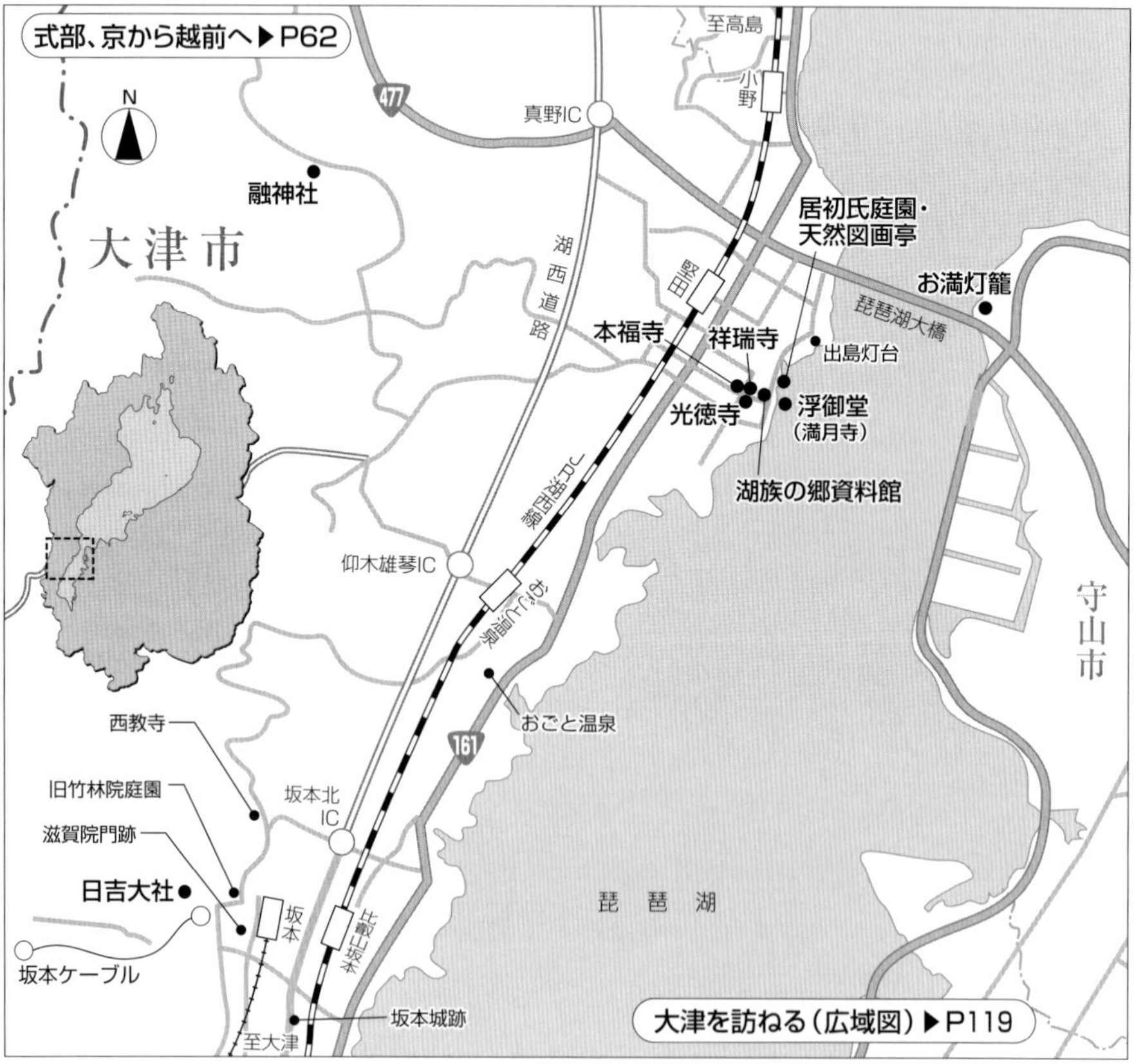

融神社《とおるじんじゃ》

『源氏物語』の主人公光源氏のモデルとなった源融を祀る唯一の神社。

所大津市伊香立南庄町1846　◇JRおごと温泉駅から徒歩60分　湖西道路仰木雄琴ICまたは真野ICから10分

浮御堂（満月寺）《うきみどう（まんげつじ）》

平安時代、源信が湖上安全を祈願して建立したという。浮御堂へ渡る橋の手前、松の木の下の観音堂には、重要文化財である聖観音座像が安置されている。

所大津市本堅田1-16-18　☎077-572-0455　時8:00～17:00　¥300円（30名以上280円）◇JR堅田駅からバス堅田出町下車、徒歩5分（土日は浮御堂前までのバスあり）　湖西道路真野ICから10分、または名神栗東ICから40分　P普通車30台

湖族の郷資料館《こぞくのさとしりょうかん》

琵琶湖の水運・漁業など、湖上の特権を持ち、泉州堺とならぶ中世自治都市として栄えた堅田衆（湖族）をはじめ、堅田ゆかりの先人の足跡を展示している。

所大津市本堅田1-21-27　☎077-574-1685　時9:00～17:00　水曜日・年末年始　¥100円（30名以上80円）◇JR堅田駅からバス出町下車、徒歩5分　湖西道路仰木雄琴ICから10分　P普通車10台、大型車数台

本福寺《ほんぷくじ》

蓮如（れんにょ）が応仁の乱を避けて近江布教の拠点とした寺院。また、芭蕉の高弟である千那（せんな）がこの寺の住職であったため、芭蕉はこの寺に泊まり多くの句を残している。

所大津市本堅田1-22-30　☎077-572-0044　境内自由　◇JR堅田駅からバス堅田出町下車、徒歩5分（土日は浮御堂前までのバスあり）湖西道路真野ICから10分、または名神栗東ICから40分

居初氏庭園・天然図画亭《いそめしていえん・てんねんずえてい》

居初家は堅田の有力郷士のひとつ。湖と対岸の湖東の山なみを借景にした名園は、江戸時代の著名な茶人である藤村庸軒と地元の郷士である北村幽安の合作で、国の名勝。

所大津市本堅田2-12-5　☎077-572-0708（要予約）時9:00～11:30、13:00～16:30　不定休　¥500円（20名以上400円）　◇JR堅田駅からバス末広町下車、徒歩3分　湖西道路真野ICから10分、または名神栗東ICから40分

光徳寺《こうとくじ》

蓮如ゆかりの寺で、「堅田源兵衛の首」で有名。その昔、蓮如が御真影をひきとりに三井寺へ出かけ、人間の生首を交換条件に出された時、源兵衛は自ら進んで自害したと伝えられている。光徳寺には源兵衛の首が安置され、源兵衛親子の銅像も建立されている。

所大津市本堅田1-22-20　☎077-572-1030　¥境内自由　◇JR堅田駅からバス堅田出町下車、徒歩5分（土日は浮御堂前までのバスあり）　湖西道路真野ICから10分、または名神栗東ICから40分

出島灯台《でけじまのとうだい》

高さ8mの木造の灯台。昔から船の座礁や難破事故が絶えず、この灯台が建てられた。昭和26年に灯台の火は消えたが、地元で保存運動が起こり、灯台の修復が行われた。
所大津市今堅田1丁目　☎077-573-1000（堅田駅前観光案内所）◇JR堅田駅からバス末広町下車、徒歩10分　湖西道路真野ICから10分、または名神栗東ICから40分

おごと温泉《おごとおんせん》

古くから京・大津の奥座敷として、また、温泉保養地として知られている。温泉を発見したのは最澄と伝えられるが、温泉郷として発達したのは大正時代末期。泉質は単純温泉で、泉温は約30℃。神経痛・筋肉痛・関節痛などに効能がある。
所大津市雄琴・苗鹿　☎077-578-1650（おごと温泉観光協会）施設によって異なる　◇JR雄琴駅から徒歩15分　湖西道路仰木雄琴ICから5分

琵琶湖大橋《びわこおおはし》

琵琶湖でもっとも狭い部分である大津市の堅田と守山市の今浜を結んでいる。長さ1350m、最大の高さ約26m。

所大津市今堅田／守山市今浜町　☎077-585-1129（琵琶湖大橋有料道路管理事務所）¥普通車200円　◇JR堅田駅からバス勾当内侍前下車、徒歩5分　湖西道路真野ICから5分　P普通車154台、大型車19台（道の駅びわ湖大橋米プラザ）

祥瑞寺《しょうずいじ》

応永年間に華叟宗曇（かそうそうどん）が開山した寺院。風狂の禅僧として有名な一休宗純は宗曇の弟子で、22～34歳頃にここで修行した。松尾芭蕉は元禄年間にこの寺を訪れ、そのときに詠みあげた句が碑に刻まれている。

所大津市本堅田1-27-20　☎077-572-2171　時9:00～16:30　¥境内自由／本堂、開山堂400円（要予約）◇JR堅田駅からバス堅田出町下車、徒歩5分（土日は浮御堂前までのバスあり）湖西道路真野ICから10分、または名神栗東ICから40分

源氏物語の世界を歩く

逢坂の関 「関谷」の巻

『源氏物語』の中に逢坂の関は何度か登場するが、とりわけ十六帖「関谷」は印象に残る場面である。須磨に流されていた光源氏は許されて京に戻る。彼を待っていたのはめざましい栄進であった。翌年二十九歳の光源氏は内大臣となり、石山寺へ願ほどきに参詣するため、京を出立する。

　九月の末の紅葉のころ、逢坂山は色とりどりに織りなし、関所の建物の周辺を霜枯れの草が一面に濃淡を作りだしている。そんな中、美しく飾り立てた光源氏の行列が関に到着する。関にはすでに任期を終えた常陸介《ひたちのすけ》の一行が先着し、内大臣の光源氏に遠慮して、その周辺に車を止め、木隠れに座って光源氏の

⬆源氏物語絵関谷澪標屏風（俵屋宗達作　静嘉堂文庫美術館蔵）
任期を終えた夫常陸介（ひたちのすけ）とともに帰京する空蝉が、願ほどきに石山寺を参詣しようとしていた光源氏と逢坂の関で出会う。右が光源氏、左が空蝉の牛車、中央が逢坂の関

一行を見送ろうとしていた。

常陸介一行のことを聞き知り、光源氏の胸はときめく。常陸介といえば彼がかつてたいそう心を惹かれた空蝉《うつせみ》の老夫である。道端に居並ぶ女車の中には自分の愛を拒んだ空蝉が乗っているはずである。その中にひときわ洗練された色あいの衣の端がこぼれ出ているのが見えた。光源氏はその女車に目を止めた。

絵巻物を見るような華やかで美しい光景である。実際この場面は「源氏物語絵巻」に描かれ、みやびやかな王朝世界を垣間見せてくれる。

光源氏の脳裏に十二年前の幻のような夏の夜の出来事が甦ってきた。空蝉の継息子、今は河内守《かわちのかみ》になっている当時の紀伊守の邸に方違《かたたが》えに行った時のことだ。そこにたまたま若い継母の空蝉が身を寄せていたのだった。光源氏は前夜、雨夜の品定めの折、中流層の女の魅力を聞かされた後だったこともあって気をそそられる。じっとしていられない彼は空蝉のもとへ忍び入り強引に契りを交わすのである。その後も、彼は空蝉の弟小君《こぎみ》をつてに執拗なまでに逢瀬を求めようとするのだった。ある夜、忍んできた光源氏の気配を察した空蝉は、密かにかけていた薄絹の小袿を残し、生絹《すずし》の下着姿で寝所を逃げ出した。それと知らない光源氏は空蝉の隣で寝ていた継娘、軒端《のきば》の荻と契ってしまう。

➡蝉丸神社上社

　空蝉は我が身の境遇を思い、光源氏に憧れていながら、光源氏を拒否し続ける。そして夫の伊予介《いよのすけ》が常陸介になったのを機に、彼女も一緒に任国へ下って行ったのだった。その間、光源氏は須磨流浪という不運に見舞われる。空蝉は遠い地でその噂を耳にして人知れず心を痛めていた。

　以来十二年の歳月が経った。空蝉は三十を超えていただろうか。が、優雅でつつましい彼女のことを思うと光源氏はそのまま通り過ごすことができそうもない。今は右衛門佐《えもんのすけ》になっている小君を呼び寄せて、
「今日、私がこうしてわざわざ関までお迎えにきたことを、仇おろそかにはお思いにならないでしょう」と空蝉に言づてする。光源氏は偶然の出会いをわざとそのように言ったのである。様々な思いで彼の胸はあふれかえっているが、人目もあり、とても逢うことなどできない。一方、空蝉も恋しさで胸がいっぱいになる。光源氏が嫌いでつれない態度をとっていたわけではなかったからだ。これをきっかけに源氏と空蝉はふたたび折々の便りを密かに交わすようにな

⬆関蝉丸神社本殿
大津市逢坂２丁目にあり、平安時代前期の歌人「蝉丸」を祭神とし、
音曲芸道の祖神として信仰されている

る。

　恋しいあなたに行き逢い巡り逢った路はまさしくその名も頼もしい近江路である。けれども塩のない湖には貝もない。私にはそのように逢う望みさえない。

　光源氏は石山寺から帰参した後、現在の心境を歌に詠み、弟の右衛門佐に手渡した。

わくらばに
行きあふみちを頼みしも
なほかひなしや潮ならぬ海

　空蝉は気がひけるが、こらえきれなくなり、返事をする。

逢坂の関やいかなる関なれば
しげきなげきの中を分くらむ

　空蝉は逢坂の関での夢のよう

⬆関蟬丸神社拝殿

な出来事を思い起こす。本来なら逢坂の関とは逢うという名ですのに、いったいどういう関なのでしょう。生い茂る木々の下草を分け入って私はこのように深い嘆きを重ねるのですから。彼女はそうひとりつぶやくのだった。空蟬は光源氏への思いを捨てきれない自分を承知しているからこそ、それ以上のことを光源氏に許そうとしない。

そのうち老夫の常陸介が病にかかり、若い妻の身の上を案じながらあの世へ旅立つ。空蟬はほどなく誰にも言わず出家してしまう。継息子の河内守に言い寄られ、この世が厭になったことも理由の一つかもしれない。だが、彼女の心を占めていたのは光源氏への断ち切りがたい想いであった。空蟬はそんな自分を制するために出家したと思わ

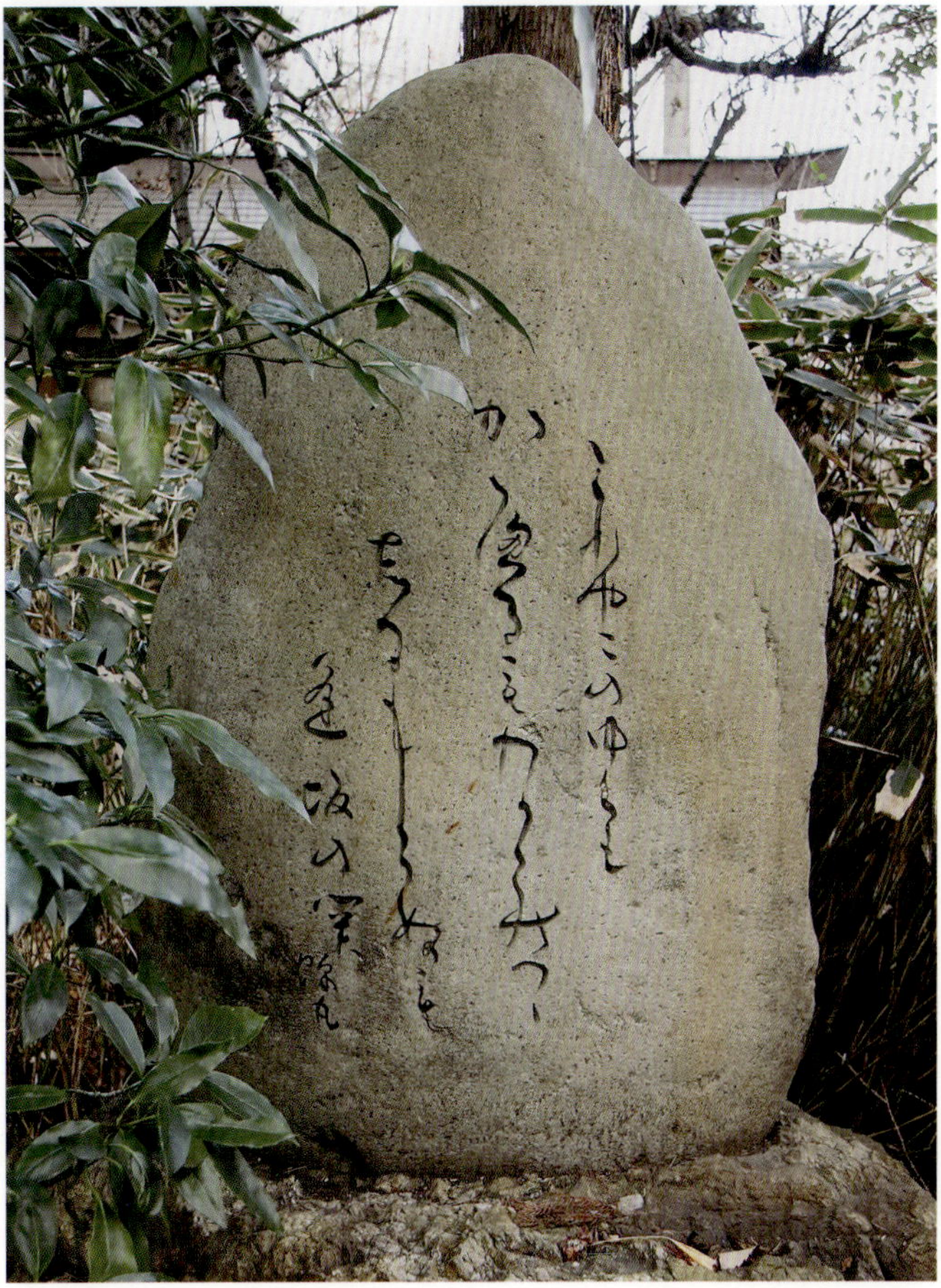

↑蝉丸歌碑

れる。

後に光源氏は尼になった空蝉を末摘花《すえつむはな》と同じ二条院の東の院に引き取り、生涯暮らしのめんどうを見る。あまたの女人たちと契った光源氏もさすがに尼になった女人には遠慮がある。尼になることによって、何の迷いもなく愛する光源氏のもとで暮らすことができた空蝉の晩年は、心安らかなもっとも幸せな日々であったに違いない。

関蝉丸神社

JR大津駅から国道一六一号を京都に向かってほどなく行くと、関蝉丸神社の参道が見えてくる。その参道を横切って京阪電車が通り過ぎて行った。歌舞音曲の神として合祀されている蝉丸も眼を白黒させているだろうか。それともこれも時世と鷹

⬆関蝉丸神社の時雨燈籠

揚に構えているだろうか。

　逢坂山には上社、下社、分社の三つの蝉丸神社があるが、関蝉丸神社といえば下社を指すという。境内に入るとすぐに、紀貫之の歌碑が目につく。

逢坂の関の清水にかげ見えて
今やひくらん望月の駒

　かたわらには歌に詠まれた「せきのしみづ」跡が古の姿を伝えている。歌人であり、琵琶の名手であった蝉丸にふさわしい風情のある拝殿に向かって二拝二拍一拝する。横には「時雨燈籠」と呼ばれる六角形の石灯籠がある。その一つひとつが下社のおくゆかしさを醸しだしている。

　蝉丸は伝説の人でもあり、一説には天皇の皇子であったとか、また宇多天皇の皇子に仕える雑色《ぞうしき》であったとかいわれている。が、いずれにせよ、彼が琵琶の名手であったことは間違いないようだ。後に隠者となって逢坂山に庵を結び、徒然にひく琵琶の音が関路を通る旅人の心を悲しませたという。謡曲「蝉丸」では、延喜帝の皇子で盲目のため逢坂山に捨てられた、となっている。蝉丸の歌は今なお、「これやこの、ゆくもかえるも、わかれては…」と小倉百人一首の代表のように多くの人に親しまれている。

月心寺

　逢坂峠を越え京に向かう手前、国道一号の脇に月心寺《げっしんじ》と墨書された風雅な軒行燈《のきあんどん》のかかる門が見えてくる。一見、寺というより、みやびな料亭といった風情である。それも道理、当寺の尼さまは精進料理の名手なのだ。江戸時代には茶店があり、走井《はしりい》餅を売っていた。歌川広重の東海道五十三次に、走井の水のそばの茶店で休息する旅人の姿が描かれている。紫式部の時代には茶店はなかったが、ここの清水で式部たちは喉を潤したことだろう。

走井の水は東海道を往来する旅人が古来より喉を潤した名水であったが、茶店が廃れた後、荒廃していた。大正時代のはじめにその茶店を別荘にしたのが日本画家の橋本関雪《かんせつ》であり、その後、月心寺となった。門をくぐると今も名水の湧く井戸がある。奥の庭園は山の斜面を利用した名園である。上方に小野小町百歳像を安置した「百歳堂」があるが、一見するや背筋がぞくりとした。古の美女に妖怪を見てしまったのである。

花の色は移りにけりないたづらに
我が身世にふる眺めせしまに

小町の嘆きが聞こえてきそうである。

池泉回遊式庭園に架けられた石橋を渡り、清らかな池の面を見つめていると、さきほどの百歳の小町とうってかわって麗しい小町が現れそうな気がしてくる。庭の一角に松尾芭蕉の句碑、「大津絵の筆のはじめは何仏」が立っている。

⬆長安寺
関清水神社のあたりには、弥勒菩薩を本尊とした関寺があり、平安時代には「関寺大仏」として知られていたが、その寺跡は長安寺となっており、関寺の霊牛の供養塔がここにたつ

長安寺の牛塔

関蝉丸神社から少し下がったところ、長安寺（大津市逢坂二丁目）に「牛塔」と呼ばれる高さ三、三メートルの石造宝塔が

⬆橋本関雪の別邸であった月心寺の庭

➡牛塔（長安寺宝塔）
霊牛の出現で都に知られた関寺は、地震で堂社が倒壊し、その復旧に乗り出したのが源信だった。このときの工事のために清水寺から寄進された牛の供養塔と伝わる牛塔（重要文化財）は、伝説のとおりなら平安時代のものになるが、その様式から鎌倉時代の作と推定されている

建っている。この辺りは昔、大寺院関寺があったところで、「牛塔」もそのころ、藤原道長の息子、頼通《よりみち》によって牛を供養するために建てられたと伝えられている。

　ふっくらとしたなんとも温かみのあるこの「牛塔」には霊牛についての言い伝えが残されている。関寺は天延四年（九七六）六月に畿内を襲った大地震で寺が崩壊し、仏像の多くが壊れた。その四十年後、関寺復興工事が始まった。中心になったのが恵《え》心僧都《しんそうづ》源信であった。この工事で活躍した牛がいた。京の清水寺の僧が運搬用にと関寺に寄進した一頭の牛である。牛は浜大津から逢坂峠の急な坂道を何度も往復し重い資材を運んだ。その働きぶりに人々は感心し、仏の化身ではないか、という噂が

⬆奔放な近江の君ゆかりの妙法寺付近（東近江市沖野３丁目付近）

立ち始めた。噂は京まで広まり、藤原道長、頼通親子までが尊い牛を拝みに訪れた。牛は工事が終了すると本堂の周りを右回りに三度回り、死んだという。

この話はいかにも仏教説話といった感じがするが、恵心僧都が関寺再興においても登場するのは、彼が平安の世にいかに立派な僧として尊敬されていたかがうかがえる。その後、関寺は戦禍などで衰退し、江戸時代のはじめに時宗の長安寺となり、牛塔も長安寺へ引き継がれたという。

近江の君と妙法寺

「常夏」の巻を中心に

近江の君は物語の中でも異色の存在である。内大臣は頭中将と呼ばれた若いころから光源氏と張り合っていたが、最近、光源氏がご落胤《らくいん》の姫君を探し出し、かしづいていることを耳にする。その噂に刺激され、かつての情人夕顔との間に生まれた娘の行方が気にかかり、夢占いをさせる。するとそうした子を誰かが養女にしていると言われ、あちこち手をつくして探すのだった。その結果、名乗り出たのが近江の君であった。

ところが光源氏のご落胤と思われている玉鬘《たまかずら》の評判のよさに引き替え、近江の君は予想外れの不出来な姫で、周囲の笑い者になっていく。困り果てた内大臣は、自分の娘、弘徽殿《こきでん》の女《にょう》御《ご》の女房として、行儀見習いをかねて出仕させようと思う。その話をするため近江の君の部屋を覗くと彼女は若い女房と双《すご》六《ろく》を打っていた。彼女はしきりにもみ手をして「小賽《しょうさい》、小賽」と相手に小さい目がでるよう早口で祈っているのだった。その様子を見るや、内大臣は「あな、うたて」と愕然《がくぜん》としてしまう。出仕のことを話すと近江の君は大喜びでますます早口でまくしたてる。内大臣が「親孝行したいと思うのであればもう少しゆっくり話してもらえると寿命が延びるのだろうがね」と皮肉を言うと近江の君はいっそう早口で「私の早口は生まれつきの舌のせいだと思います。亡き母がいつも苦にして注意していました。なんでも近江の妙法寺のえらい坊さまが、わたしの生まれた時、産屋で念じていたのですが、それがたいそう早口で、その早口にあやかったのだろうと母が嘆いていましたもの。でもなんとかしてこの早口は直しましょ」と言うのだった。

その後も近江の君は無智と身の程をわきまえないということで内大臣をはじめ、人々の顰《ひん》蹙《しゅく》を買い、嘲弄《ちょうろう》を招く。にわかに上流貴族の中に迎えられた近江の君は彼女なりに真剣に対処するのだが、貴族社会の通念はそれを許さない。彼女は道化的存在として登場してきているのかもしれない。が、あまりにも描写が辛辣《しんらつ》過ぎて、同情を禁じえない。

その近江の君も腹を立てて腹違いの兄柏木《かしわぎ》に抗議する。

「ご立派なご兄弟の中にわたしのようなしがない者はお仲間入りするんじゃなかった。柏木の中将はほんとにひどい方。自分からわざわざお迎えにいらしたくせにわたしを馬鹿にして笑いものになさる。ここはわたしのような者にはとてもいたたまれない御殿だこと。おお怖い、おお怖い」と。

⬆妙法寺遺跡の近くにある八咫（やた）神社

⬆比叡山法華堂
比叡山西塔の堂舎のひとつ法華堂は、経滅菩薩を本尊とし、法華経にもとづく半行半坐を執する法華三昧の道場。良源（慈恵大師・元三大師）が再興した

彼女は確かに田舎育ちで粗野な面はある。だが、率直で、善良、一途な愛すべき姫君なのだ。平成の世なら近江の君は弁舌さわやかなしゃきしゃきした女性として歓迎されたかもしれない。

妙法寺の所在は現在、定かではない。が、『河海抄《かかいしょう》』や『近江輿地《よち》志略《しりゃく》』によると「妙法寺は近江国神崎《かんざき》東郡《ひがしのこおり》高屋《たかや》郷《ごう》にあってこの寺辺を妙法寺村という」と『八日市市史』に記されている。妙法寺村とは旧八日市市妙法寺町・東沖野四、五丁目で、妙法寺町の名は今も現存している。また妙法寺遺跡があることを考えると、この周辺に妙法寺があったのだろう。藤原氏の荘園高屋荘や柿御園荘園も近くにあり、近江の君はそうした貴族と土地の娘との間にできた

⬆比叡山にない堂
常行堂（左）は阿弥陀如来を本尊とし、阿弥陀仏を念じて行道する常行三昧の道場。法華堂（右）とは廊下で結ばれ、二つの堂舎の渡り廊下を武蔵坊弁慶がてんびん棒にしてになったという伝説から「にない堂」と呼ばれる

ご落胤のモデルとして登場したのかもしれない。

比叡山法華堂

延暦寺は延暦七年（七八八）最澄が比叡山に開いた天台宗の総本山である。広大な山内は東《とう》塔《どう》、西塔《さいとう》、横川《よかわ》の三つの寺域からなる。平安京の鎮護の寺院として隆盛したが、承平五年（九三五）をはじめとする火災で主な堂舎が焼失し、荒廃へと傾きかけた。これを再興したのが天台座主《ざす》良源（慈恵《じえ》大師・元三《がんざん》大師）であった。良源は天台教学や東塔・西塔・横川十六谷の堂舎を整備した。この比叡山中興の祖良源に九歳の時弟子入りしたのが後の恵心僧都源信である。

源信は十五歳の時、村上天皇によって法華八講の講師に選ばれる。法華八講とは死者の追善供養を目的に営まれ、朝夕二場、四日間行われるのが通常であった。法華経は天台宗の根本経典であり、「護国の経典、成仏の直道」として平安貴族に篤く信仰され、絢爛華麗な法会《ほうえ》が盛んに行われた。

『源氏物語』にも幾度か法華八講が描かれている。最初の場面は「賢木《さかき》」の巻で、藤壺が亡き桐壷院の一周忌に主催するのである。しかも法要の場で思いがけない出来事が法要の導師をつとめる比叡山のお座主から発表される。藤壺の出家である。彼女の出家が『源氏物語』に登場する最初の出家の場面である。源氏にはむろん、知らされていなかった。寝耳に水の出来事にお座主の言葉を聞いた周囲はどよめくが、藤壺は光源氏との関係を断ち、彼との間にできた不義の子、皇太子を守る決心をしたのである。『源氏物語』の中には他に光源氏や紫の上、明石中宮主催の法華八講が出てくる。また法会の具体的な描写はないが、出家した女三宮も年に二回法華八講を営んでいることが語られている。

比叡山のシンボルともいえる根本中堂《こんぽんちゅうどう》などのある壮大な東塔の寺域に対して西塔は観光客も比較的少なく、静まっている。美しい杉木立の中、石灯籠に導かれるように歩んで行くと法華堂と常行堂が見えてくる。二つの同じ形のお堂は廊下でつながっている。そのためか、弁慶が渡り廊下をてんびん棒にしてお堂を担いだという伝説があり、にない堂とも呼ばれている。法華と念仏が一体であるという比叡山の教えに基づき、法華堂では法華三昧の、常行堂では常行三昧の修行が行われている。お堂から低く太く漏れ聞こえてくる読経を耳にしていると平安の世にタイムスリップしたような感がする。少年の源信もひたすら念仏に励んだことだろう。

比叡山恵心堂

「手習」の巻・「夢浮橋」の巻

『源氏物語』は終わりを迎え、舞台が宇治から比叡山とその麓、西坂本小野の里に移る。西坂本とは、比叡山山麓の近江側を東坂本と呼んだのに対して京都側をそう呼んだのである。

二人の貴公子、薫大将と匂宮《におうのみや》に愛された浮舟は不貞の罪の意識に苦しみ、宇治川に身投げをする。だが、彼女は自殺未遂に終わってしまう。横川の僧都やその母尼、僧都の妹尼たちが大木の下で気を失っている浮舟を助けたのである。尼たちは初瀬詣の帰途、老いた母尼が急病になったため、宇治で中宿りをし、僧都は母尼の急病の報せに横川から老母の加持祈祷にきていたのだった。

娘を亡くした妹尼は浮舟を我が娘の再来と思い、ねんごろに介護し、小野の山里の邸に連れ帰り世話をするが、いっこうに回復しない。ようやく意識を取り戻すが何も語らず、ひたすら出家を願っている。が、妹尼たちは若くて美しい浮舟の出家に反対する。

ところが、尼君がお礼詣りに初瀬に出かけた留守中、女一宮の祈祷に召された横川の僧都が小野の邸に立ち寄ったのを絶好の機会と思い、彼女は僧都に懇願し、出家してしまうのである。

あのなよなよとしていた浮舟の見事な変身である。平安の世においても出家は生はんかなことではない。それを遂げた浮舟の行為には作者、紫式部のメッセージが秘められているような気がしてくる。

初瀬から帰ってきた妹尼は仰天し、落胆し、僧都を怨むがもはやなすすべはない。一方、浮舟は「これのみぞ生けるしるしありておぼえたまひける」と出家によってようやく救われた心境になる。

出家した浮舟には心の余裕が生じたのか、念仏も熱心に行い、その合間に手習をしたり、心の思いを浮かぶままに筆に託して歌をつくったりもする。また彼女はときには碁にも興ずるようになる。

比叡山のお座主も治せなかった女一宮の病気も僧都の祈祷で回復したが、彼はそのまま宮中に引き留められ、明石の中宮に不思議な出来事として、出家した女のことを話す。中宮たちは浮舟のことかと直感するが、これが薫の耳に入り、彼は横川の僧都を訪ねようと思うのである。

続く最後の巻、「夢浮橋」も舞台は比叡山とその麓である。

薫大将は毎月八日、比叡山の根本中堂に経典や御本尊薬師如来の供養のために月参りをしている。その帰途、横川の僧都を訪ね、浮舟のあらましを聞き、僧都に浮舟との仲介を頼むのだった。僧都はその前に、薫が側近くに置いて召し使っている浮舟の弟、小君に手紙を託すこ

⬆最澄が草庵を結んだ日本仏教の母山。比叡山延暦寺の根本中堂

とにする。薫の話を聞いた僧都は、浮舟を出家させたことを早まった、と後悔する。

手紙には「薫との前世からの縁を大切にし、還俗して薫に添いとげ、薫の愛執の罪が消えるようにしてあげてほしい」などと書かれていた。だが、浮舟は母の中将の君を思い起こして涙ぐむが、小君との対面を拒む。それどころか人違いだと言い張る。小君は待ちあぐねていた薫のもとへむなしく帰っていった。この話を聞いた薫は浮舟の心中をはかりかね、手紙など出さなければよかったと悔やむ。その上、もしかすると誰か男がいて浮舟を隠し住まわせているのかもしれない、と疑うのである。

物語の結末はハッピーエンドではない。どうして浮舟は薫のもとへ帰ってあげないの、とや

⬆横川の恵心堂
恵心僧都源信がここに住んだことから恵心堂とよばれる。もとは良源が天台座主の頃に落慶法要したが、昭和40年（1965）に焼失し、その後坂本の別当大師堂を移築した

きもきする読者もあるかもしれない。紫式部は浮舟に軍配を上げたのである。あのかよわかった浮舟の決然たる態度に対して薫のあまりの不甲斐無さ。紫式部は出家することでしか救われない、と言いたかったのだろうか。とりわけ最後の場面を聖なる山、比叡山の聖域にもってきたのはそれなりの作者の意図があったと思われる。

紫式部は物語の中に恵心僧都と呼ばれた実在の人物、源信を横川の僧都として登場させている。源信は式部より三十年あまり早く生まれているが、亡くなったのは式部とほぼ同時期である。物語中にも山の座主より効顕あらたかな僧として登場している。が、彼は近づき難い高僧というより、話し好きで親しみ深く描かれている。浮舟が涙

⬆比叡山横川の中心である横川中堂。信長の焼き討ちと昭和17年の落雷で消失したが、昭和46年に再建された

ながらに出家を懇願すればやむなし、とかなえてやり、また薫から浮舟の身上を聞いた後は出家させたことを後悔する。

「手習」、「夢浮橋」の巻を読んでいると背景に比叡の山が絶えず眼に浮かんでくる。薫は根本中堂で月詣りを終えた後、横川の僧都を訪ねる。

横川は慈覚大師円仁《えんにん》が開いた場所といわれている。横川のバス停から参道を進んで行くと石垣の上に鮮やかな朱塗りの舞台造りの建物が見えてくる。横川の中心となる「横川中堂」である。ご本尊の柔和な「木造聖観音立像」にふさわしい華やかな建物である。

参道を東に進むと「元三大師堂」があり、源信僧都の師であった良源の住居の跡といわれている。おもしろいことにこの寺はおみくじ発祥の地であるそうだ。「元三大師堂」から南へ数分歩いたところに恵心僧都が籠もった恵心堂がある。紫式部の時代には恵心院と呼び、もっと大きな建物があったという。今も仏道修行にふさわしい幾分暗くて静かで落ち着いた場所である。物語の中で僧都はときおり修行や著述を中断し山を降りてくる。加持祈祷を頼まれたり、老母を見舞うためである。

薫大将が横川から京に向かって山を下ってくる場面は大変美しい。浮舟はかつて宇治川で見た蛍を思い出しながら遣水《やりみず》の辺りの蛍を見るともなく見ていた。そんな折、前駆のものものしい声が闇の中から聞こえてくる。浮舟や尼君たちが谷の方向におびただしい松明《たいまつ》の火が揺れ動くのを縁近くに座って見ている。

「元三大師堂」から東側に数分歩くと「比叡山行院」がある。荘厳な読経の響きを耳にすると足が自ずと止まってしまう。修行僧たちの気迫がびんびん伝わってくる。ここは天台宗の修行道場なのだ。千菊丸と呼ばれた少年の日の源信の行に励む姿が髣髴《ほうふつ》としてくる。

坂本の町並

延暦寺の門前町、坂本。「穴《あの》太衆積《うしゅうづ》み」で知られる石垣と白壁の塀で囲まれた里坊が独特の景観をつくりだしている。里坊とは修行を終えた老僧の住まいで五十近くあるという。静かな佇まいの町並に一歩入ると自ずと心が鎮まり、安らかな心地になってくる。この辺り一帯が国の重要伝統的建造物群保存地区に選定されたのもなるほどと思われる。

その一角、最澄の生誕地といわれる生源《しょうげん》寺には最澄の産湯に使われたという古井戸があ

⬆坂本のまちなみ
比叡山麓の坂本には比叡山の守護神を祀る日吉大社があり、城壁を思わせる石垣と、山からの清水を引いた庭園のある里坊が、穏やかな雰囲気をかもし出す。重要伝統的建造物群保存地区指定を受けている

➡聖衆来迎寺

り、今も毎年八月十八日に盛大な誕生会が行われている。また慈眼《じげん》堂は比叡山の再興に尽した天海《てんかい》大僧正の廟《びょう》所で、境内には紫式部の供養塔があり、江戸期以降の歴代天台座主の墓がある。

　町並を山側に入って行くと「山王さん」の総本宮である日吉大社がある。東本宮、西本宮の本殿は国宝に指定され、日本最古の石橋、日吉三橋《さんきょう》など重要文化財も多い。神輿《みこし》の繰り出す勇壮な祭り、山王祭は湖国三大祭りの一つとなっている。比叡山山麓のこの域は今も聖域の威厳を漂わせている。

　坂本の町並を下って行くと国道一六一号に出る。北に向かってほどなく、左側に聖衆来迎《しょうじゅらいこう》寺が見えてくる。恵心僧都源信が念仏道場とした寺である。当寺は比叡山の正倉院と呼ばれるほど、貴重な文化財が保存されている。中でも、源信の『往生要集』をよりどころにして描かれたという国宝の絹本著色六道絵はとくに有名である。

父藤原為時が出家した三井寺

　紫式部がいつ亡くなったかについてはいくつかの説があり、定かではない。ただ父の為時《ためとき》が長和四年（一〇一六）に三井寺《みいでら》で出家していることを考えると彼女の死は、それ以前の、長和三年説が妥当と思われる。

　越前の国守の任を終え、帰京した為時は十年後に越後守に任命される。為時六十六歳、式部三十九歳のころであろうか。この越後行きには式部は同行していない。恐らく一条天皇が譲位

⬆紅葉の坂本慈眼堂付近

し、崩御の後でもあり、彰子《しょうし》は女房として信頼している紫式部を側近くに置いておきたかったのではなかろうか。弟の惟規《のぶのり》が蔵人《くらんど》の職を辞して為時に同行する。ところが、弟が寛弘八年（一〇一一）任地で病死するのである。この年、三条天皇が即位し、東宮には彰子の産んだ敦成《あつひら》親王が立った。亡き定子《ていし》の産んだ敦《あつ》康《やす》親王をさしおいて、である。敦康親王には後見がなかったことは確かだが、実父道長の強引なやり方は彰子を苦しめる。そうした政治の事情に対しても式部は、たくさんの女房の中でも唯一彰子の心の内を話すことができる人であったのだろう。

「そなたが越後に行ってしまえばこの私はいったい、誰に心のもやを語り、晴らせばよいのでしょう」

自分を信頼しきっている女主人の言葉を式部は無視することはできない。だからといって六十六歳になる老父の越後での暮らしを思うと彼女の心中はいたたまれなかったに違いない。とりわけ母親がわりをも務めてきた父であり、式部にとって父は娘の賢子《けんし》同様、最愛の人である。弟がせっかく得た蔵人の職を辞め、父に随行したのは、そのようないきさつがあったことを十分想像させる。

惟規の病死から三年後、長和

⬆三井寺の晩鐘
桃山時代の作と伝わり、毎年大晦日に撞かれるこの鐘の音は湖面にまで響き清々しい湖国の新年の訪れを告げる。近江八景のひとつで、竜神の化身の伝説が残る

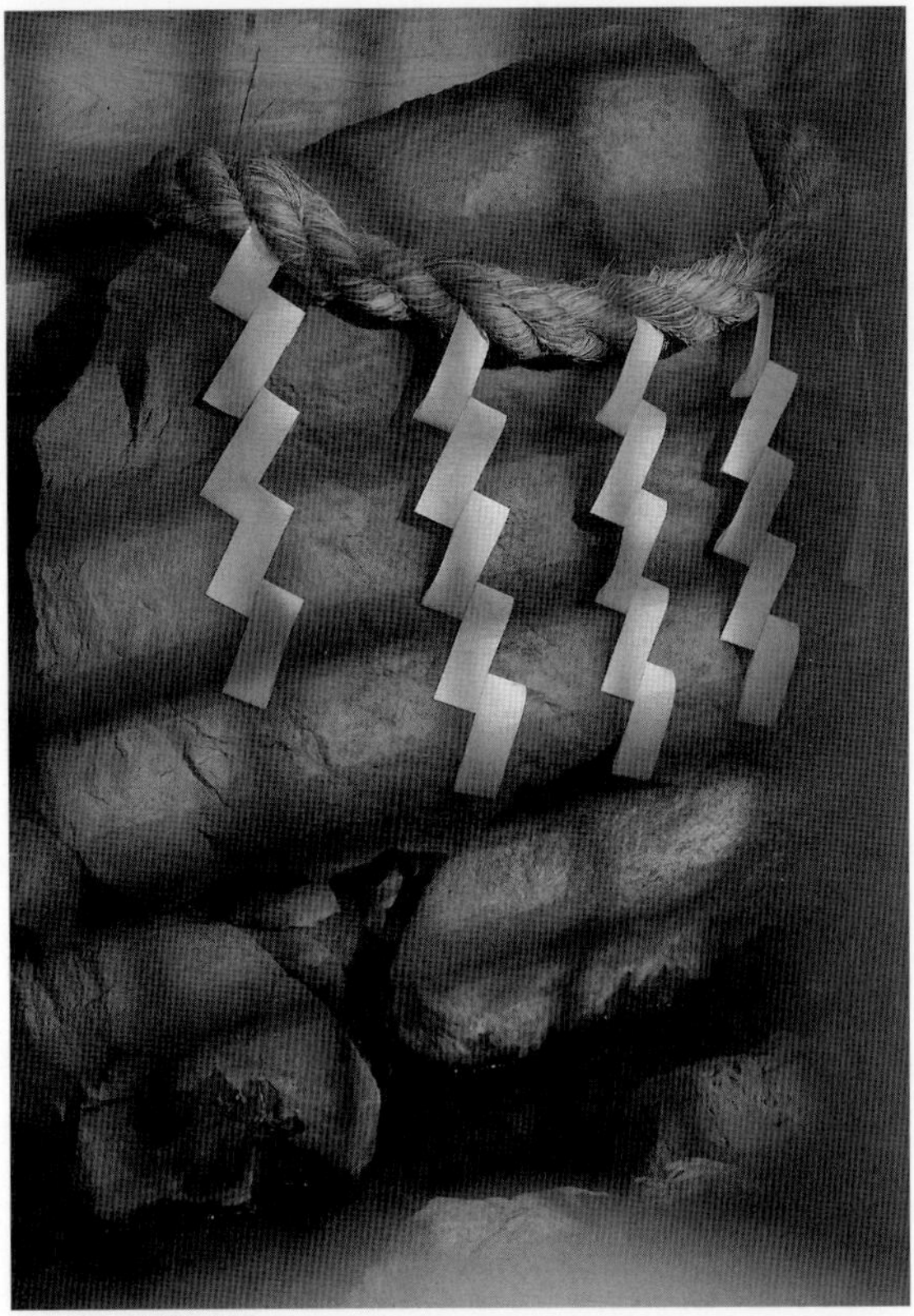

⬆三井寺の閼伽井屋
三井寺は弥勒菩薩を本尊とする長等山園城寺のことであるが、天智・天武・持統の三帝が産湯を使ったことに由来して「御井の寺」、通称三井寺となったといわれる。金堂脇の閼伽井屋では、産湯に使ったとされる霊泉から今なお霊水が湧き出ている

三年（一〇一四）六月、為時が任期途中で越後守を辞して帰京してくる。そして翌年、彼は三井寺で出家するのである。紫式部が在世していたなら、たとえ為時が病になっていたとしても出家するだろうか。式部はいわば為時にとって希望の星であり、幼少より手をかけてきた愛娘である。

彼は式部をあの世へ見送った後、三井寺へ入ったのではなかろうか。三井寺には為時の後妻、外腹の子息の定暹《じょうせん》がいた。一緒に暮らした息子ではなかったが、為時は余生を彼のいる三井寺に託したのかもしれない。

三井寺は天台寺門宗の総本山で、正式には長等《ながら》山園城《おんじょう》寺という。近江八景の一つ「三井の晩鐘」でも知られている。金堂西側に「閼伽井《あかい》屋」があり、今も清水が湧き出ている。霊泉、「御井《みい》の寺」と呼ばれるゆえんである。智証大師円珍が園城寺を天台別院として中興したが、死後、円珍門流と円仁門流の間に対立が激化し、正暦四年（九九三）、円珍門下は比叡山を下り、三井寺に入った。この時以来、比叡山を山門、三井寺を寺門と称し、天台宗は二分された。為時は円珍門下のもとで出家をしたのだろう。

⬆三井寺（園城寺）の本堂

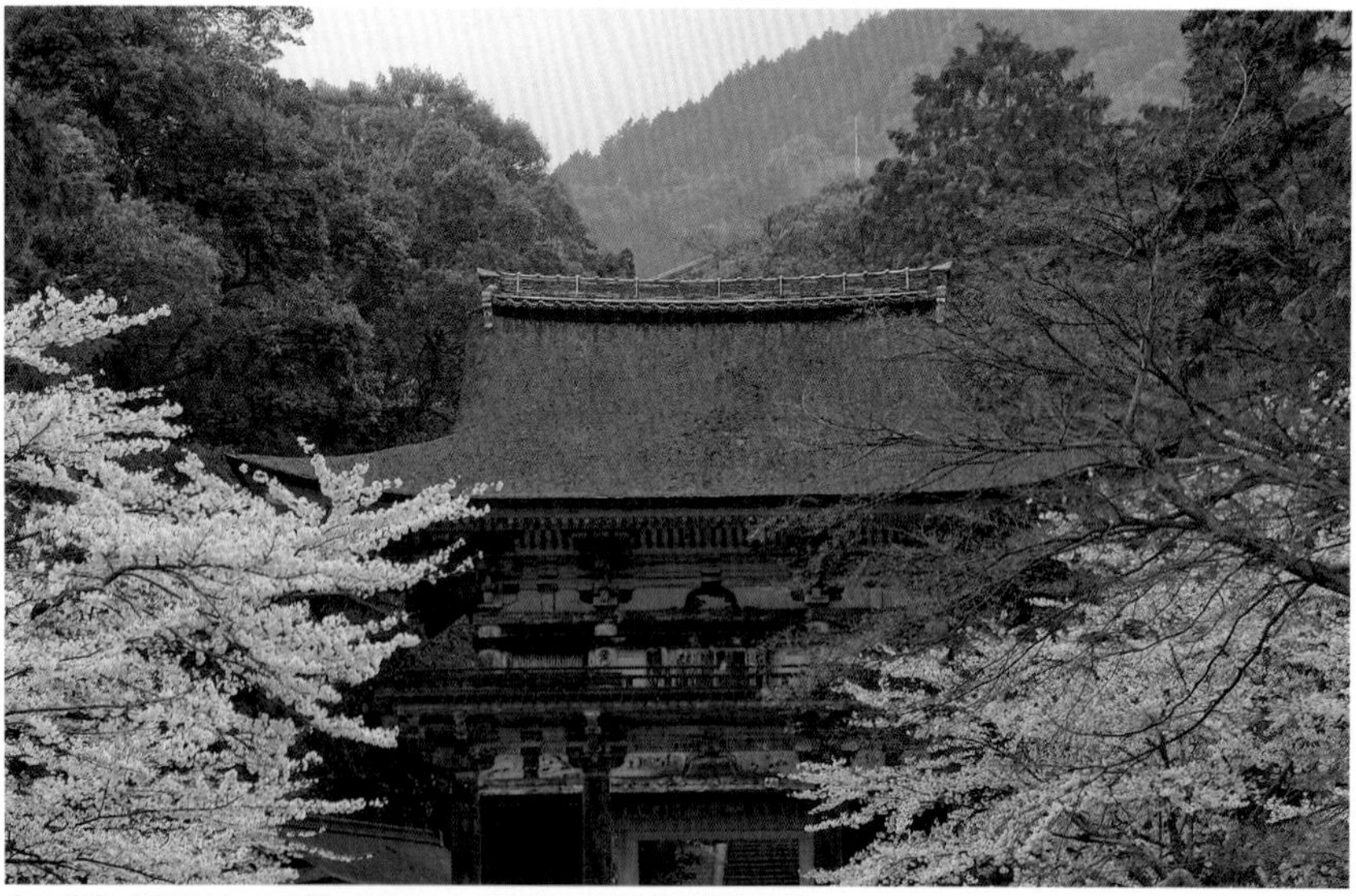

⬆三井寺（園城寺）の山門。西国三十三所第14番札所の観音堂が山腹にあり、季節を問わず多くの参詣者でにぎわう

⬆春の長等山と三井寺山門。琵琶湖から京都に注ぐ琵琶湖疏水の両岸から長等公園にかけては桜の名所として知られ、毎年開花時期にはライトアップされる

比叡山延暦寺の創建と歴史

最澄と天台宗

滋賀郡古市《ふるいち》郷（大津市）に生まれた最澄は18歳で得度し、その後近江国分寺の僧侶となったが、ほどなく国分寺を出て、山岳信仰の聖地であった比叡山に草庵を結ぶ。当時の僧侶は厳重な国家管理のもと自由に宗派や寺院を選べなかったが、仏教の世俗的性格や僧侶にあり方に対する最澄の疑問から世俗を離れて山林に入ることを選んだ。やがて、比叡山で修行に励む最澄の姿は、政教一致の南都仏教に反感を覚える人には清新な気風として受け入れられ、桓武天皇から内供《ないぐ》奉十禅師《ぶじゅうぜんじ》という国家護持の僧職が与えられた。

しかし延暦23年（８０４）、最澄は本場の仏教を学ぶべく中国に渡る。空海とともに遣唐使として入唐し、天台山で勉学にはげみ、天台宗を開立した。大同元年（８０６）、南都六宗以外に政府から認められた唯一の仏教宗派として天台宗が公認された。

しかし僧侶の出家を許可する戒壇は東大寺にだけ設置されていたため、独自の戒壇設置を求める最澄の願いは存命中にはかなわず、勅旨が下ったのは最澄が死んで7日後のことであった。弘仁14年（８２３）には延暦寺と改められ、天台宗は自立した仏教宗派としての一歩を踏み出した。

天台宗の興隆　円仁と円珍

最澄と同じく唐に渡った空海は、密教を取り入れた真言宗を開立する。新しい宗教的境地をもとめていた平安貴族は真言宗に傾注し、その教勢は拡大していく。

一方の天台宗は純然たる宗教家であった最澄亡き後、寺容を整え興隆に導いたのが円仁《えんにん》と円珍である。教団組織の確立と信者を確保し天台宗の興隆のため、円仁や円珍は中国に渡り密教を持ち帰るとたちまちに真言宗を超える勢いを持つようになった。円仁は横川《よかわ》を開き、円珍は園城寺《おんじょうじ》を天台別院として山下の拠点とした。山上の延暦寺と山下の園城寺が軸となって近江全体にさらには日本国内に天台宗の教勢を拡大していった。

横川の興隆　良源と源信

密教を導入した円仁が開いた横川は、根本中堂から北にかなり離れた地で、世俗化を嫌う僧侶が横川で修行を行う地である。円仁の死後、荒廃した横川を発展させたのが良源である。良源は権力者藤原師輔《もろすけ》と結んで復興に乗り出した。子息の横川入山に奔走した結果、多くの荘園を獲得して経済的な基盤を固めた。

円仁・円珍の密教の導入などで天台宗は飛躍的に発展したが、一方で純粋な宗教性は次第に失われ、世俗化が進んでいた。良源は世俗化に歯止めをかけつつも修行の場としての横川の興隆に尽くした。

しかし師輔の子息、尋禅《じんぜん》が座主になると延暦寺の寺勢は強まったものの、世俗化の傾向が一層強くなった。世俗化したことは決して非難されるべきだけのものではないが、こうした方向に抗して宗教的立場を守ろうとしたのが恵心僧都《えしんそうづ》源信であった。良源に師事した源信は横川を中心として浄土信仰を深めていく。著書『往生要集』は真剣な宗教活動の中から生まれ、中国にも伝わった。『源氏物語』に登場する横川の僧が尊き僧とされる所以であろう。

山門と寺門

円仁・円珍の弟子たちの間では対立や抗争が激化し、尋禅の次の座主を巡って両派の溝は決定的なものとなった。正暦4年（993）やむなく比叡山をおりた円珍派は、円珍が再興した園城寺に拠点を置き、天台宗は比叡山上の山門と園城寺の寺門の2派に分裂する。武装した僧兵は、およそ200年後、時の後白河法皇が自ら意にならぬものとして「鴨川の水　双六の賽《さい》　山法師」とあげるような存在になった。為政者は僧兵に対しさまざまな弾圧を加えたが、僧兵の勢力が鎮圧されたのは織田信長の登場を待つこととなった。

➡比叡山延暦寺の根本中堂

紫式部と清少納言

ライバル意識

王朝女流文学を代表する紫式部と清少納言はともに受領階級（貴族の中・下流）の出身で、よく似た境遇であった。清少納言の父清原元輔《きよはらのもとすけ》は梨壺五人と呼ばれた『後撰集』撰者の一人で有名な歌人、晩年周防《すおう》や肥後の国司などを勤めている。

少納言もまた独り身であった。彼女は十六歳のころ、橘則光《たちばなののりみつ》と結婚し則長を産んだが結婚生活は数年で破綻した。彼女が宮仕えをする二十八歳のころには父元輔も故人となっていた。こうした中で清少納言は新しい人生を切り開いていきたいと、宮仕えに賭けたのではなかろうか。時に定子《ていし》は十八歳、一条天皇は十四歳であった。「私は万葉集や古今集、種々の物語はもちろん、白氏文集《はくしもんじゅう》などの漢籍や仏典もたくさん読んでいますの」彼女なら隠すことなく人前で自分の学識を披露しただろう。大雪の日に「少納言よ、香《こう》炉峰《ろほう》の雪いかがならん」と定子に問いかけられ、即座に御簾《みす》を巻き上げたという有名な話が『枕草子』に記されているが、こうした話は珍しくなかったようだ。

しかし、こうした物知り顔の清少納言を紫式部は彼女の日記の中で痛烈に批判する。清少納言は知ったかぶりをしているが、実際には彼女の漢籍の知識などたいしたことがない、と。どうも二人の才女は仲がよくなかったようだ。実の兄弟でありながら対抗していた道隆、道長の娘に両者が仕えるというライバル意識もあっただろうが、清少納言と紫式部は性格的にも相容れないところがあったようだ。清少納言も『枕草子』一一四段に紫式部の夫、藤原宣孝《のぶたか》の

⬆紫式部図部分（土佐光起筆、石山寺蔵）

ことを嘲笑混じりに書いている。宣孝が清浄簡素な衣で参詣するのが慣例になっている御嶽《みたけ》詣りに、紫の指貫《さしぬき》に白の狩衣《かりぎぬ》、山吹色の衣といった派手で奇抜な格好をして人々を仰天させた、というのである。

　宣孝亡きあとに書かれたと思われるが、清少納言も才女紫式部を意識していたのだろう。式部が『枕草子』を読んでいたことは予想され、この点でも彼女は清少納言を快く思っていなかったのかもしれない。

摂関政治

　摂関政治が盛んになったのは藤原道長の父兼家のころからである。

　清少納言が宮仕えを始めたのは正暦四年（九九三）、式部より十三年近く早い。そのころ、定子の父、中関白と呼ばれた藤原道隆は絶頂期にあった。父、兼家が死ぬと長男の彼は摂政《せっしょう》、つづいて関白となり、政権の強化をはかるのである。摂政は未成人の天皇に代わって政を行い、天皇が成人すると今度は関白として天皇に助言、意見を述べる役割に当たるのが通常の形であった。ところがしだいにこの慣習が形骸化されていった。

　道隆は当時九歳の一条天皇に四歳年上の定子を女御《にょうご》として入内させ、同じ年に中宮に立てた。天皇と定子との間に皇子が生まれることで彼は外戚としていっそう権力をふるおうとしたのである。ところが定子に皇子が生まれたのは皮肉にも道隆の死後、伊周《これちか》・隆家兄弟が失脚してからだった。

　兼家は『蜻蛉《かげろう》日記』の作者、道綱の母の夫でもあったが、正室時姫との間にたくさんの子どもがあり、娘詮子《せんし》は円融天皇の中宮となっている。そして生まれたのが一条天皇である。兼家は摂政になると道隆をはじめ息子たちの官位を矢継ぎ早に引き上げ権力の強化をはかった。道隆も次男の伊周を一躍内大臣に任じ、四男の隆家を公卿《くぎょう》に加え、父と同じように強引な人事を行った。

定子一族の盛衰

　清少納言が出仕してから二年あまりの間は、華やかな夢のような日々が繰り広げられる。春は清涼殿の定子の局《つぼね》の廊に、銀の大瓶にさした満開の桜がにおい咲き、夏は伊周が定子の局で、まだ少年の面影を残す一条天皇に漢籍の講義をしたまま夜が明ける。中宮の周りには常に文学的な雰囲気があふれ、学問に熱心な天皇は定子の局をたびたび訪れる。いわゆる華やかな定子のサロンである。

　長徳元年、道隆の死を待っていたかのように暗い影が忍び寄ってきた。伊周と叔父道長の争いである。道長の勝利となるが、これには一条天皇の生母で道長の姉詮子の力が大きくはたらいていた。道長をかわいがっていた彼女は天皇の寝所に行き、「内覧の詔は伊周ではなく、道長にくだすように」と頼んだのである。国母の力には天皇も逆らえなかったのだろう。

　道長はさらに手を緩めることなく中関白一族に追い打ちをかける。伊周兄弟の命を受けた隆家の郎党が、おどかし半分に花山院に矢を射かけた事件を問題

⬆般若心経の裏面に書かれた『源氏物語』の草稿（石山寺蔵、びわ湖大津観光協会提供）

にして、兄弟を京の外へと追い払ったのである。二人に配流の宣命が下り、中宮定子はみずから剃髪《ていはつ》出家した。

　定子は居宅を転々とし、女房の数も減ってしまったが、女主人を心から愛する清少納言はどんな時でも定子のそばを離れなかっただろう。幸いにも一条天皇は不遇な定子を以前と少しも変わらず寵愛し、尼姿の定子は第一皇女を出産するのである。やがて伊周兄弟は帰京が許され、中宮定子も事件後、宮中に戻る。これに関しては反対もあったようだが、一条天皇の愛がより大きく強かったのだろう。定子は再び身ごもり第一皇子敦《あつ》康《やす》親王、さらに第二皇女媄《び》子《し》内親王を産むが、産褥《さんじょく》のため長保三年（一〇〇一）二十五歳であの世の人となってしまう。彼女の死後、一条天皇にあてたと思われる歌が残されていた。

けぶりとも雲ともならぬ身なりとも
草の葉の露をそれとながめよ

主家の没落を描かない清少納言

　清少納言は最後まで定子に付き添い、その死を見守ったと思われる。だが、彼女は枕草子に悲運の一族を一切描写しない。定子は身の不遇を嘆いたり、愚痴一つこぼさず、いつも静かに明るい微笑をたたえている人として描かれている。が、少納言はその微笑の奥に試練に耐える定子の深い悲しみと、中関白家の息女として、また皇后としての誇りを感じ取っていたに違いない。それゆえ、彼女は一家の

⬆金銅経箱（国宝、延暦寺蔵）
上東門院（彰子）の写経を納めた経箱

没落を描くことは定子を冒瀆《ぼうとく》するような気持ちを抱いていたのではなかろうか。

「定子様だけが唯一、私を理解し、私の才を心から讃えてくださっていたお方だ。皇后定子様がお亡くなりになった今、私はこれ以上筆を進める必要があろうか」

『枕草子』の成立年代は定かではないが、長徳二年（九九六）には草稿本ができており、その後、補筆増大して長保三年八月ころまでに定稿本成立、とする説がある。彼女の第二の人生が定子とともに始まったことを考えると、長保二年（一〇〇〇）十二月定子の死からほどなくして清少納言は『枕草子』の筆をおいたのかもしれない。

　紫式部が宮中に出仕したのは定子の死から六年あまり後である。

彰子の入内と道長の栄華

　定子の一族を追いやった道長は長徳二年（九九六）、左大臣となる。そして次に天皇の外戚になることをもくろみ、その三年後、娘彰子《しょうし》を女御として十二歳で入内させた。さらに翌年、彰子は中宮になる。そして苦肉の策として今まで中宮であった定子を皇后に立てるのだった。しかし二人の正式な后が置かれるという異例の事態が生じたことには違いない。道長の専横が追い打ちをかけたのか、定子は同年十二月に産褥で亡くなった。

　紫式部が宮仕えを始めたころは、最高権力者、道長の絶頂期にさしかかっていた。が、彰子と一条天皇の間には御子がなく、道長をやきもきさせていた。

⬆歴代座主や桓武天皇の供養塔が並ぶなか、慈眼堂には紫式部（左）と清少納言の供養塔が並ぶ

一方、定子の産んだ敦康親王は七歳になっていた。一条天皇の心を彰子の方に向け、彰子のサロンを他のどの女御の局より充実させる必要があった。「天皇の寵妃定子はあの世に逝ったが、定子を慕うあまり帝は定子の妹の四の君を寵愛なされているというではないか。四の君に皇子でもできたらどうするのだ」道長ならこうしたことを平気で言ってのけただろう。

しかし、道長はどこまでも運の強い男であった。入内後九年めに彰子が敦成親王（後一条天皇）を道長の土御門邸で出産したのである。その様子は『紫式部日記』に詳細に描かれている。さらに翌年、彰子は敦長親王（後朱雀天皇）を出産する。ようやく渇望していた外戚としての地位を道長は得ることができたのだった。敦成《あつひら》親王の誕生のおりに、道長は「中宮を娘にもち、私は大変に満足であるぞ。中宮も私のような父をもち不足はあるまい。倫子《りんし》よ、そなたもよい夫をもって幸せだろう」と言ったと式部は日記に記す。

その後、道長はさらに攻勢をかける。次女妍子《けんし》を三条天皇の皇后に、三女威《い》子《し》を後一条天皇の中宮に立てた。さらに四女嬉《き》子《し》は後朱雀天皇の東宮妃となって、後冷泉天皇を生んでいる。彼は摂関の地位と外戚の立場を諸手にし、最高の栄華を完成させたのである。

この世をばわが世とぞ思ふ望月の
欠けたることもなしと思へば

道長は祝宴の場で有名な歌を詠んだ。

だが、こうした繁栄は彼の専横な振る舞いのもとでの成就であった。一条天皇の譲位後、三条天皇が即位したが、東宮には第一皇子の定子の生んだ敦康親王ではなく、彰子の産んだ敦成親王が立った。敦康親王にはしっかりした後見がない、と道長が一条天皇の意向を無視したのである。天皇は失意のうちに譲位後まもなく死去した。死後、道長を非難する天皇の言葉が記されていたが、道長が破棄してしまったという。

　紫式部にとって宮中での出来事はまさしく人間観察をする上で学校のようなものであったに違いない。彼女の物語作家としての眼は、人間の運命や恋など実人生を鋭くとらえ、虚構の世界をいっそう構築していくことになる。

才女、女房たちの活躍

　平安時代に王朝女流文学全盛の世が到来したのは、それなりの背景があった。まず一つは摂関政治がもたらした後宮の発展である。上級貴族は競って娘を天皇のもとへ入内させた。そのため、妃が増え、当然、仕える侍女である女房もたくさん必要になってきた。元来、後宮には女官がいたが、定員もあって妃の増加に追いつかなくなった。そこで妃たちは私的に侍女を連れ、後宮に入るようになった。この侍女が女房であり、中級貴族・受領層の中から教養のある選りすぐりの女たちが選ばれたのである。彰子には四十人もの女房がおり、紫式部を筆頭に赤《あか》染衛門《ぞめえもん》、伊勢大輔《いせのたいふ》、和泉《いずみ》式部…とそうそうたる女流文学者たちが名を連ねている。女房が道長時代に一番多かったことを考えると、彼女たちは摂関政治を支える大切な脇役であったともいえる。后を中心に女房たちが集うサロン、そこでは歌や物語が作られ、文学などを味わい楽しむ場であった。確かに『紫式部日記』に記されているように女房暮らしはわずらわしいことが多かっただろう。が、清少納言がそうであったように、後宮での女房暮らしを謳歌していた女房も少なくなかったに違いない。

　二つめは、かな文字が貴族の女性の間で自在に使えるようになったことである。かな文字が読めたり、書けたりするのは女性の特権であった。紀貫之《きのつらゆき》が土佐日記の冒頭に「男もすなる日《に》記《き》というものを女もしてみんとてするなり」と書いているが、彼は女に似せてひらかな日記を書いた。歌や日記、物語は「草がな」とも呼ばれた女文字（女手）の流布によって生まれたといえる。

法華八講を受け継ぐ日吉大社

『源氏物語』「蜻蛉《かげろう》」などに登場する法華八講は、比叡山と深いつながりのある日吉大社の山《さん》王《のう》礼拝講に受け継がれている。比叡山山麓の坂本に鎮座する日吉大社は3代天台座主円仁《えんにん》の頃から延暦寺一山の護法神、守護神と位置づけられ、広く崇敬されてきた。延暦寺と日吉大社の結びつきの深さは、日吉大社の行事の中に見ることができる。

⬆日吉大社

湖国三大祭の一つ山王祭は比叡山麓を揺るがす勇壮な祭であるが、この祭のストーリー全体が日吉大社の成立過程をあらわしている。3月1日の神輿揚げの神事が始まる山王祭は、4月12日に八王子山の牛尾宮と三宮神社から神輿を担ぎ下し、15日の酉の神事ですべてが終わる。この中14日に天台座主が山王7社に御幣をささげて般若心経を唱えてお参りをする「日吉山王社奉幣」が、法華八講を今に受け継ぐ行事といえる。

また、延暦寺と日吉大社の結びつきがより強固であることを確認できるのが、5月26日に日吉大社西本宮で行われる「山王礼拝講」である。延暦寺の僧侶と日吉大社の宮司以下神職一同が出仕して天台宗の根本経典である法華八巻を講じる「法華八講」が執り行われる。西本宮拝殿で講師と読師が双方の講座で法華八講を論議する法要は、声明の音が神域に響き渡る。午前8時から始まり山王礼拝講を購読し、シキミの散華が行われて正午にはすべての行事が終了する。

日吉大社に伝わる山王礼拝講文献によると、山王礼拝講の始まりは、後一条天皇の頃、日吉神社境内の八王子山の木が一斉に枯れた。その原因が「延暦寺の僧が就学修練を怠《おこた》り甲冑をつけ遊びまわるのを見た神の怒り」だという神のお告げがあった。これを聞いた僧たちは神の怒りに触れることを恐れ、急ぎはせ参じ法華八講を修した。それ以来、日吉の神前で毎年法華八講の法要が行われるようになったと記される。

大津祭と源氏山

　大津祭は大津市京町3丁目天孫神社の例祭で、古くは四宮《しのみや》祭と呼ばれた。10月上旬、ゴブラン織りや装飾金具に飾られた13基の曳山が巡行する。豪華絢爛な曳山は江戸時代の大津の経済力を象徴するもので、同時にこの祭を支えてきた町衆の心意気を示す。

　大津祭は、江戸時代はじめ、鍛冶屋町塩売治兵衛が狸《たぬき》の面をつけて踊ったことから始まったとされているが、寛永15年（1638）からは3輪の曳山を作り、やがて元禄、安永年間に現在巡行される13基の曳山が整えられた。この曳山は、毎年、山建《やまたて》という、作事方・歳方によって曳山が組み立てられ、山建が終わると曳き初めをし、宵宮まで町の通りに置かれる。曳山を持つ町を曳山町といい、巡幸順は9月上旬にくじで決まる。祇園祭の薙刀鉾同様に、大津祭では、狸山がくじ取らずで先頭になるのが習わしとなっている。

↑中京町の曳山「源氏山」のカラクリ

　大津祭の特色のひとつである曳山で使うカラクリは、中国の故事や能・狂言に題材をもとめたもので、巡行中に「所望」と呼ばれるそれぞれ決められた場所で、全国的に最古のものとされるカラクリ人形の独特の仕掛けが人びとの目を楽しませてく

⬆山建が済むと宵宮まで町の通りに置かれ、この頃からにぎやかなおはやしの音が町中に流れる

れる。日吉大社の山王祭、長浜八幡宮の長浜曳山祭とともに湖国三大祭とされる。

13基の曳山の中、石山寺で源氏物語を描いた故事にちなんだ曳山が、享保3年（1718）に創られた中京町の源氏山である。石山寺をかたどった岩の中から、塩汲み男、御所車、かさ持ち、木履《もくり》持ちなどが現れては消えていくさまをカラクリで楽しませてくれる。俗に「紫式部山」とも呼ばれる。

「大津祭曳山展示館」では、原寸大の曳山が常時展示され、一年中大津祭を楽しむことができ、映像やパネルで祭の概要を紹介している。

（☎077-521-1013）

大津祭問い合わせ先
NPO法人大津祭曳山連盟
☎075-525-0505

大津を訪ねる

◇電車で　JR大津駅から徒歩10分、または京阪浜大津駅から徒歩5分（大津祭曳山展示館）
◇車で　名神大津ICから5分（大津祭曳山展示館）

聖衆来迎寺《しょうじゅらいこうじ》

最澄の創建と伝えられ、源信が念仏道場として聖衆来迎寺と改称した。森蘭丸の父・可成（よしなり）の墓があったために信長の焼き討ちの難を逃がれ、国宝・重要文化財を含む優れた寺宝を数多く所蔵している。

所大津市比叡辻2-4-17　☎077-578-0222（要予約）¥350円　◇JR大津駅からバス来迎寺鐘化前下車すぐ、またはJR比叡山坂本駅から徒歩15分　湖西道路下阪本ICから5分

滋賀院門跡《しがいんもんぜき》

穴太衆積みの石垣と白壁をめぐらした堂々とした構えで、後水尾（ごみずのお）上皇から滋賀院の寺号を賜わった。
所大津市坂本4-6-1　☎077-578-0130
時9:00～16:30　¥450円（30名以上400円）　◇京阪坂本駅から徒歩5分／湖西道路下阪本ICから10分　P普通車20台、大型車数台

慈眼堂《じげんどう》

比叡山の再興に尽くした天海（てんかい）の廟所（びょうしょ）。
所大津市坂本4-6-1　☎077-578-0130（滋賀院門跡）　¥境内自由（堂内見学不可）　◇京阪坂本駅から徒歩5分／湖西道路下阪本ICから20分　P普通車20台、大型車数台

生源寺《しょうげんじ》

最澄の生誕地とされ、山門を入った右手の古井戸は最澄の産湯に使われたといわれている。
所大津市坂本6-1-17　☎077-578-0205（団体は要予約）　時9:00～16:30　◇京阪坂本駅から徒歩すぐ／湖西道路下阪本ICから10分　P普通車30台

日吉大社《ひよしたいしゃ》

全国各地にある3800余りの「山王さん」の総本宮で、日吉三橋（ひよしさんきょう）など重要文化財も多い。
所大津市坂本5-1-1　☎077-578-0009
時9:00～16:30　¥300円（30名以上270円）　◇京阪坂本駅から徒歩5分／湖西道路下阪本ICから10分　P普通車50台

西教寺《さいきょうじ》

聖徳太子が創建し、眞盛（しんせい）が再興した天台眞盛宗総本山。戒律・念仏の道場として、１日も絶えることなく念仏が唱え続けられている。伏見城の遺構を移したという客殿や重要文化財の本堂をはじめ、狩野派の襖絵、明智光秀一族の墓など、多くの見どころがある。紅葉の時期はライトアップされる。
所大津市坂本5-13-1　☎077-578-0013
時9:00～16:30　¥400円（30名以上360円）　◇京阪坂本駅から徒歩20分、またはJR比叡山坂本駅からバス西教寺下車すぐ　湖西道路下阪本ICから10分　P普通車50台、大型車数台

長安寺《ちょうあんじ》

更級日記で有名な関寺の跡地に、一遍が開山した時宗の寺院。開寺建立時に現れた霊牛を供養するための牛塔が残る。
所大津市逢坂2-3-23　☎077-522-5983
◇京阪上栄町駅から徒歩3分／名神京都東ICまたは大津ICから5分

近江神宮《おうみじんぐう》

皇紀2600年を記念し、昭和15年に大津京ゆかりのこの地に創建された。祭神の天智天皇は日本で初めて漏刻（ろうこく）（水時計）をつくらせたことから時計の始祖としても知られている。
所大津市神宮町1-1　☎077-522-3725
時9:00～16:30（時計博物館）　¥境内自由／時計博物館300円（25名以上210円）　◇京阪近江神宮前駅から徒歩10分／名神京都東ICから10分　P普通車50台、大型車数台

園城寺（三井寺）《おんじょうじ（みいでら）》

天台寺門宗総本山。境内には天智・天武・持統の3帝の御産湯に用いられた閼伽井（あかい）と呼ぶ井戸があり、「御井（みい）の寺」と呼ばれ、「三井寺」と通称されるようになった。
所大津市園城寺町246　☎077-522-2238　時8:00～17:00　¥500円（30名以上450円）　◇京阪三井寺駅から徒歩10分／名神京都東ICから8分　P普通車350台、大型車30台（有料）

大津市歴史博物館《おおつしれきしはくぶつかん》

大津市ゆかりの文化財や資料を保存展示している。
所大津市御陵町2-2　☎077-521-2100
時9:00～17:00（入館は16:30まで）
休月曜日・祝翌日（土日の場合は開館）・年末年始　¥常設展210円（15名以上160円）　◇京阪別所駅から徒歩5分、またはJR西大津駅から徒歩15分／名神大津ICから10分　P普通車70台、大型車数台

膳所焼美術館《ぜぜやきびじゅつかん》

膳所焼の窯元が作った美術館で、遠州七窯のひとつに数えられた膳所焼の作品が時代別に展示されている。

所大津市中庄1-22-28　☎077-523-1118（10名以上の団体の場合は要予約）　時10:00～16:00　休月曜日（祝日を除く）・年末年始　¥抹茶、菓子付700円（30名以上600円）　◇京阪瓦ケ浜駅下車すぐ／名神大津ICから10分　P普通車3台

大津祭曳山展示館《おおつまつりひきやまてんじかん》

原寸大の曳山模型が展示され、一年中大津祭を楽しめる展示館。
所大津市中央1-2-27　☎077-521-1013
時10:00～19:00（多目的ホールは10:00～21:00、要予約）　休月曜日（祝日の場合は翌日）・祝翌日・お盆・年末年始　◇JR大津駅から徒歩10分、または京阪浜大津駅から徒歩5分／名神大津ICから5分

義仲寺《ぎちゅうじ》

寺名は木曽義仲（よしなか）を葬ったことに由来し、芭蕉がたびたび訪れ、門人と月見の宴を催したという。境内には義仲と芭蕉の墓が並んでいる。
所大津市馬場1-5-12　☎077-523-2811
時9:00～17:00（11～2月は16:00まで）　休月曜日（祝日を除く）　¥200円（30名以上150円）　◇JR膳所駅または京阪膳所駅から徒歩10分／名神大津ICから5分

関蝉丸神社《せきのせみまるじんじゃ》

百人一首で有名な蝉丸を歌舞音曲の神として祀る神社。
所大津市逢坂1-15-6　☎077-522-6082
◇JR大津駅または京阪上栄町駅から徒歩10分／名神京都東ICまたは大津ICから5分

月心寺《げっしんじ》

広重が描いた走井（はしりい）の井筒が現在の月心寺であるといわれる。後に日本画家・橋本関雪（かんせつ）が自分の別邸にし、その後月心寺となった。
所大津市大谷町27-9　☎077-524-3421（要予約）　時日没まで　¥境内自由（拝観要連絡）　◇京阪大谷駅から徒歩5分／名神京都東ICから3分

膳所城跡公園《ぜぜじょうせきこうえん》

関ヶ原の合戦の翌年に築城した水城で、明治維新で廃城となり、遺構が各地に残る。
所大津市本丸町　☎077-522-3830（大津駅観光案内所）　◇京阪膳所本町駅から徒歩7分、またはJR大津駅からバス膳所公園前下車すぐ／名神大津ICまたは瀬田西ICから10分　P普通車数台

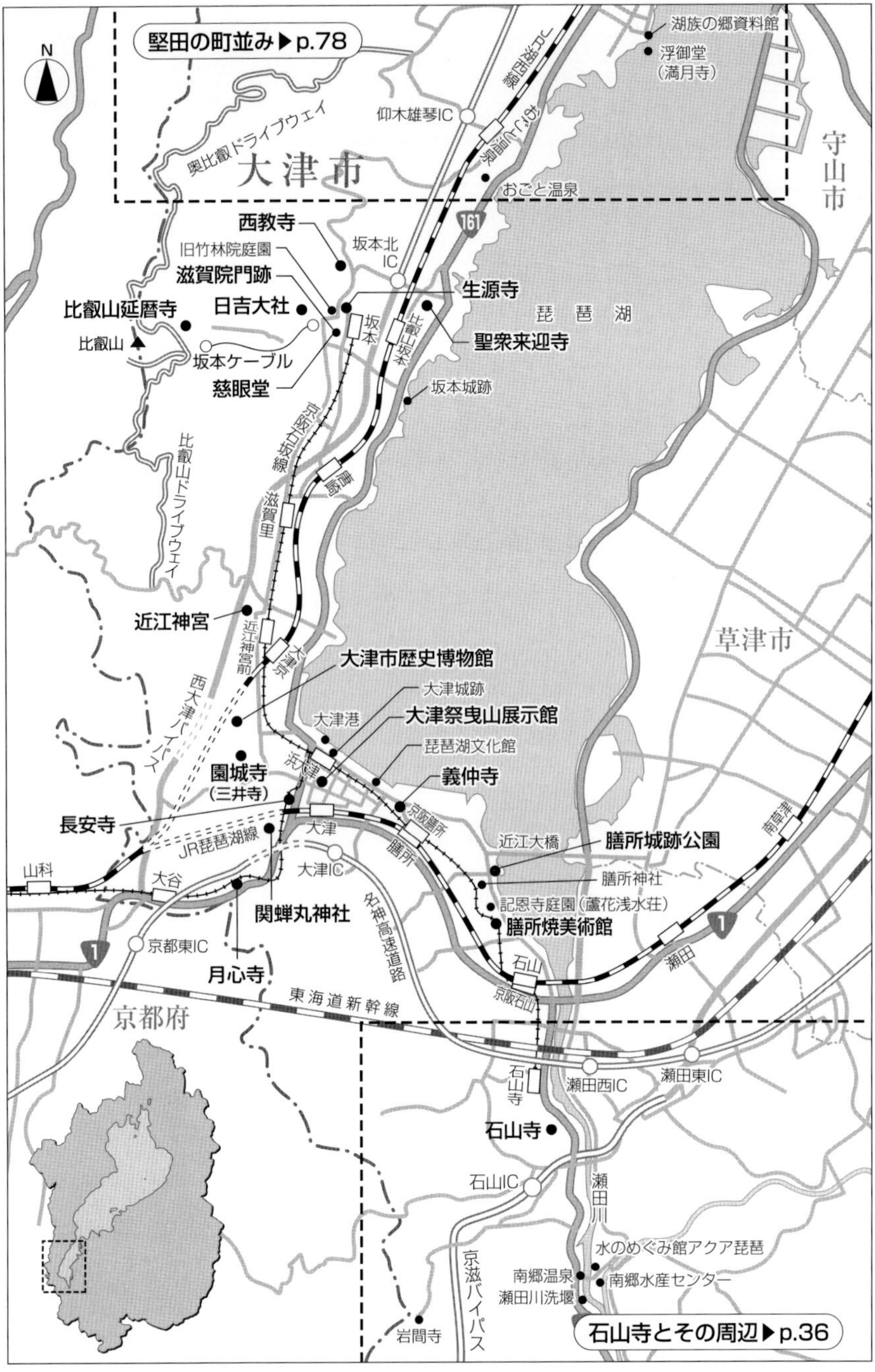
堅田の町並み▶p.78
湖族の郷資料館
浮御堂
(満月寺)
仰木雄琴IC
奥比叡ドライブウェイ
大津市
守山市
おごと温泉
JR湖西線
西教寺
旧竹林院庭園
坂本北IC
滋賀院門跡
生源寺
日吉大社
比叡山延暦寺
比叡山
坂本ケーブル
慈眼堂
坂本
比叡山坂本
琵琶湖
聖衆来迎寺
坂本城跡
京阪石坂線
唐崎
滋賀里
比叡山ドライブウェイ
近江神宮
近江神宮前
大津京
西大津バイパス
大津市歴史博物館
大津城跡
大津港
大津祭曳山展示館
浜大津
琵琶湖文化館
園城寺
(三井寺)
義仲寺
京阪膳所
長安寺
大津
JR琵琶湖線
近江大橋
膳所城跡公園
膳所
膳所神社
山科
大谷
大津IC
記恩寺庭園(蘆花浅水荘)
関蝉丸神社
膳所焼美術館
名神高速道路
京都東IC
月心寺
石山
京阪石山
瀬田
南草津
草津市
東海道新幹線
京都府
石山寺
瀬田西IC
瀬田東IC
石山寺
石山IC
瀬田川
京滋バイパス
水のめぐみ館アクア琵琶
南郷温泉
南郷水産センター
瀬田川洗堰
岩間寺
石山寺とその周辺▶p.36

『源氏物語』関係年表

西暦・年号	出来事
縄文前期	石山貝塚や粟津湖底遺跡が営まれる
663（天智6）	中大兄皇子が飛鳥から近江大津宮に遷都する
671（天智10）	大津宮に漏刻を設置し時を告げる
672（天武1）	壬申の乱始まる。近江朝廷軍瀬田橋の戦いで破れ大友皇子自殺
694（持統8）	藤原京遷都
743（天平15）	聖武天皇、紫香楽宮で大仏建立の詔を出す
755（天平勝宝7）	建部大社が神崎郡から瀬田の地に移る
761（天平宝字5）	保良宮の造営、石山寺造営のため田上杣などから用材が切り出される
764（天平宝字8）	藤原仲麻呂の乱、敗れた仲麻呂が高島郡勝野の地で敗死
785（延暦4）	最澄が東大寺で戒を授かり出家、近江国分寺に入る
788（延暦7）	最澄が比叡山に根本中堂を建立（比叡山寺）
794（延暦13）	桓武天皇が近江国古津を大津と改称
804（延暦23）	最澄、空海とともに遣唐使として唐にわたる
823（弘仁14）	嵯峨天皇比叡山寺に「延暦寺」の寺号を与える
857（天安1）	近江国の相坂（逢坂）・大石・龍華に関を置く
866（貞観8）	園城寺が円珍の復興により天台別院となる
945（天慶8）	伊香立の荘官平群三河公懐昌によって源融神社が創設される
954（天暦8）	藤原道綱の母による『蜻蛉日記』の記載が始まる
970（天禄1）	天台座主良源が26か条の起請を定め山内の綱紀粛正をはかる
972（天禄3）	良源が横川の独立を認め延暦寺に東塔、西塔、横川が成立

西暦・年号	出来事
1000（長保2）	清少納言、宮中を去る
1001（長保3）	紫式部、夫藤原宣孝と死別し『源氏物語』の執筆を始める
1004（寛弘1）	源心少僧都になるが翌年辞退
1005（寛弘2）	紫式部、一条天皇の中宮彰子の女房として出仕
1007（寛弘4）	紫式部『源氏物語』を発表
1008（寛弘5）	『紫式部日記』の記載が始まる
1010（寛弘7）	『源氏物語』宇治十帖を執筆
1014（長和3）	紫式部死去。為時、越前守を辞し都へ戻る
1016（長和5）	藤原道長が摂政に就任。為時、三井寺に出家
1017（寛仁1）	源心死去
1051（永承6）	源頼朝が前九年の役出陣に際し新羅明神に戦勝を祈願
1081（永保1）	延暦寺衆徒が園城寺を焼き討ちし堂宇の大半が焼失
1095（嘉保2）	延暦寺衆徒が日吉社の神輿を奉じて朝廷に強訴（最初の神輿振り）
1096（永長1）	石山寺本堂再建される
1105（長治2）	山門の僧兵が日吉神輿を押したて入京、朝廷に強訴（神輿振り）
1156（保元1）	保元の乱起こる
1159（平治1）	平治の乱起こる
1190（建久1）	石山寺東大門建立
1194（建久5）	源頼朝の寄進で石山寺多宝塔が建立される
1221（承久3）	承久の乱おこる
1468（応仁2）	延暦寺衆徒が堅田責め（堅田大責）堅田衆沖島へ逃げる

985（寛和1）	源信が『往生要集』を著し、浄土教を広める
991（正暦2）	花山法王が西国三十三所観音巡礼を発願
993（正暦4）	円仁、円珍門徒が対立、円珍門徒が園城寺に移る。清少納言が中宮定子のもとに出仕
995（長徳1）	源信が浮御堂を建立
996（長徳2）	藤原為時が越前守に任じられ、娘の式部とともに越前国へ赴任。定子の出家、清少納言『枕草子』の一部著す
997（長徳3）	式部越前から京に戻る

1506（永正3）	石山寺に巡礼札が奉納（同寺最古の巡礼札）
1571（元亀2）	信長、比叡山をはじめ近江国内の寺院を焼き討ち、僧兵の勢力なくなる
1576（天正4）	信長、安土城を築城
1600（慶長5）	淀殿が石山寺本堂を再興、同時に東大門が大改修される
1642（寛永19）	延暦寺根本中堂造営
2008（平成20）	『源氏物語』千年紀in湖都大津開催

藤原氏家系略図

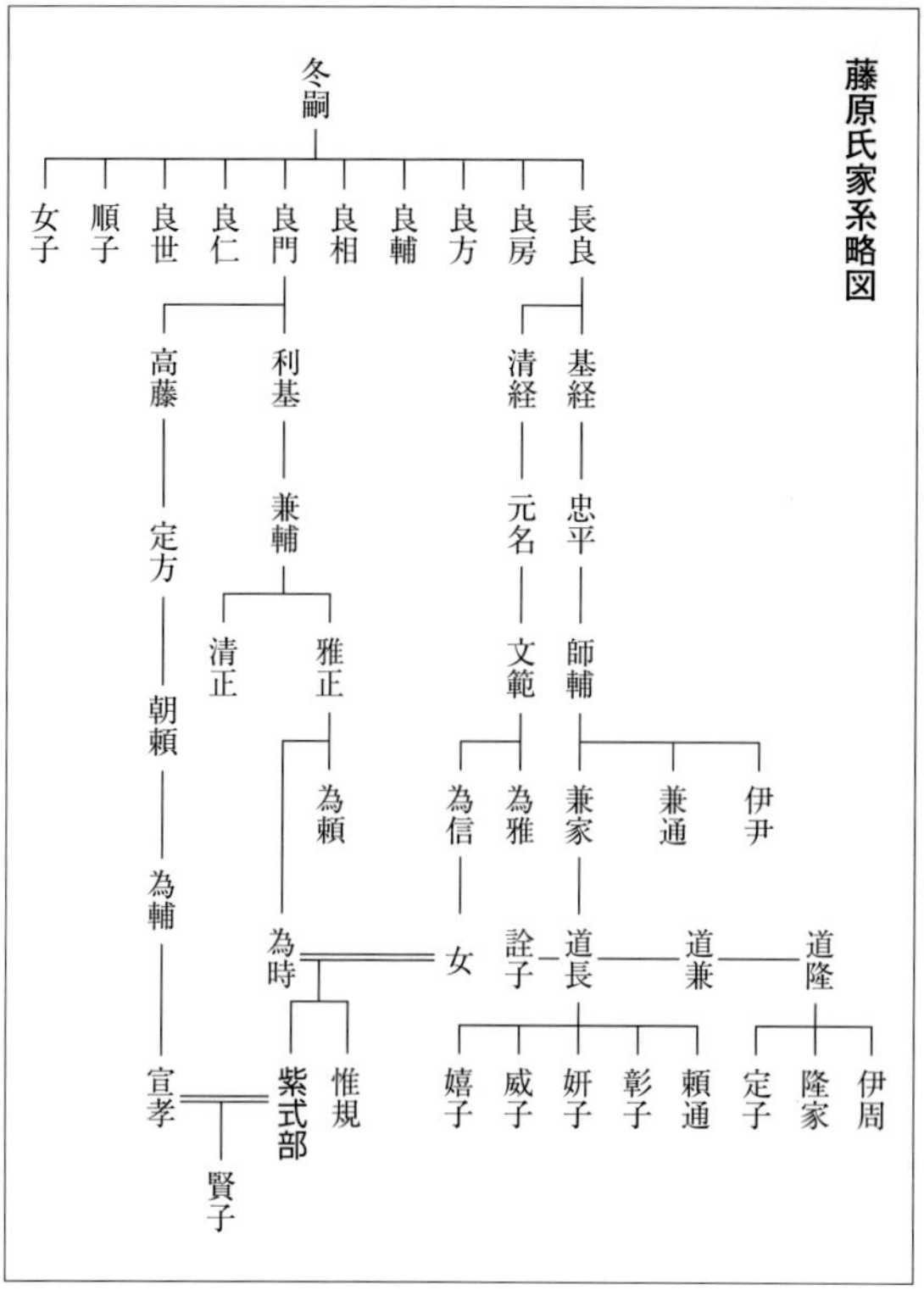

近江へ行く

■近江の旅 便利帖

※掲載データは2008年1月現在。事前に必ずお確かめください。

電車で

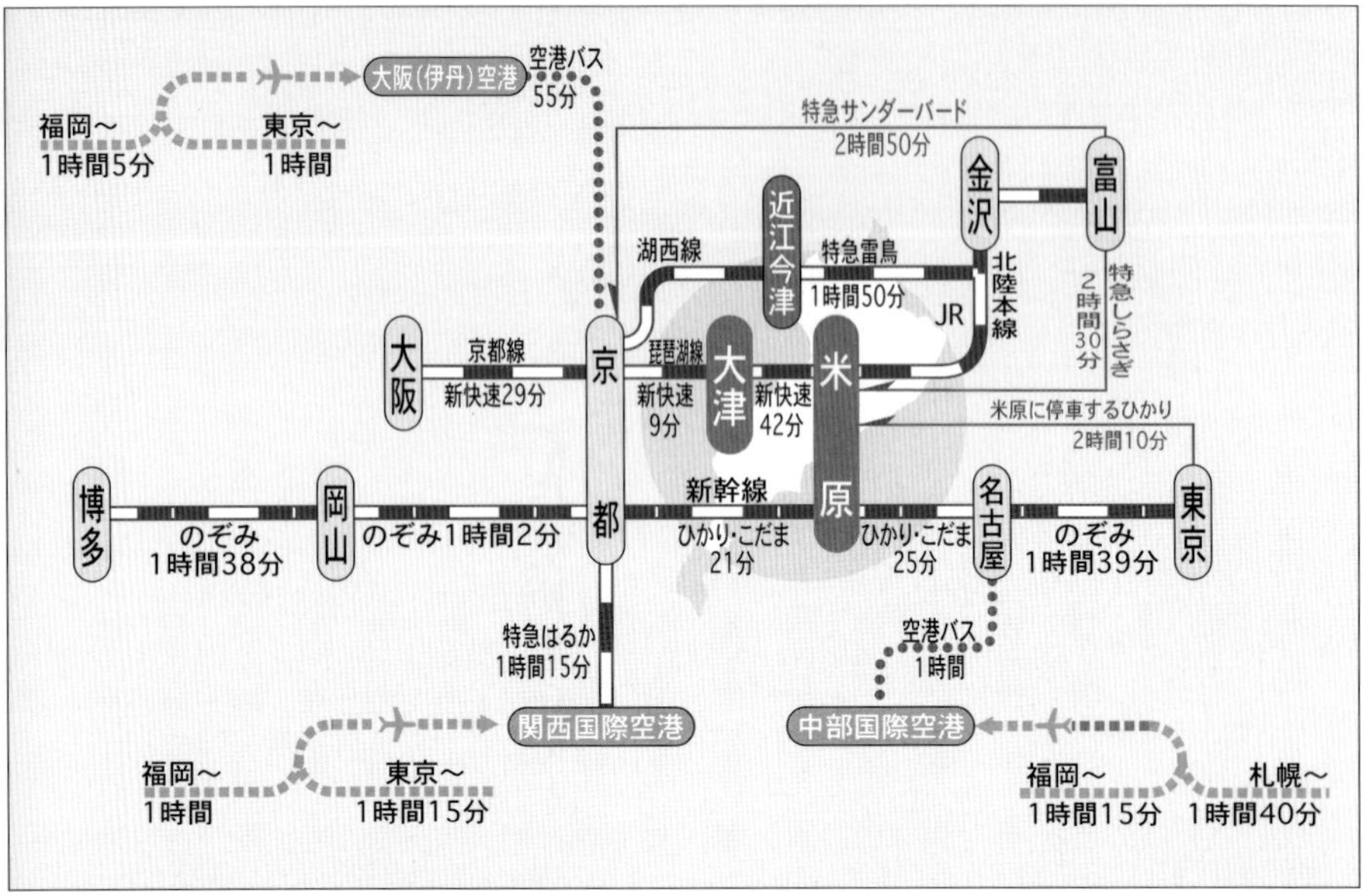

車で

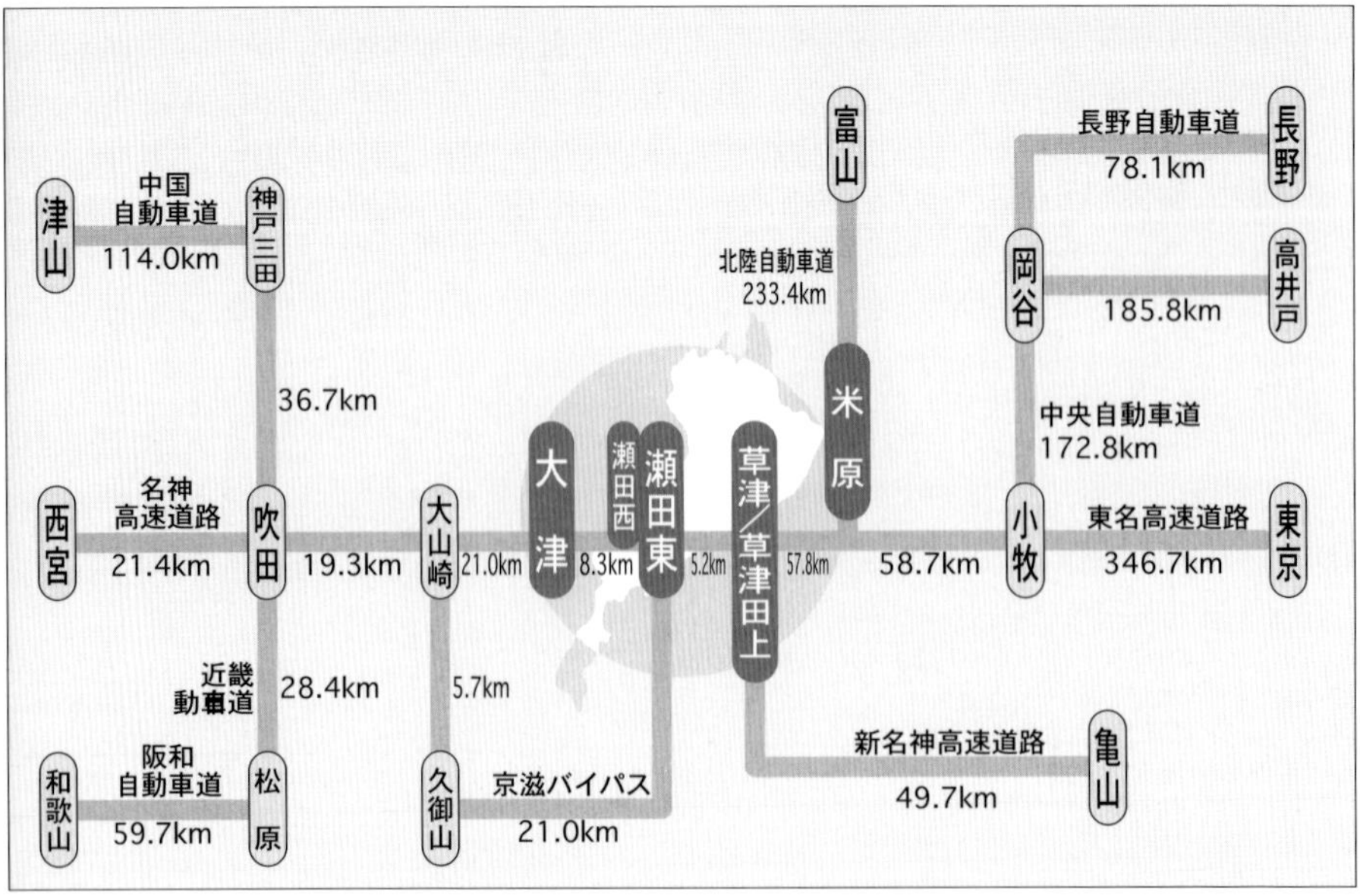

移動する

電車で

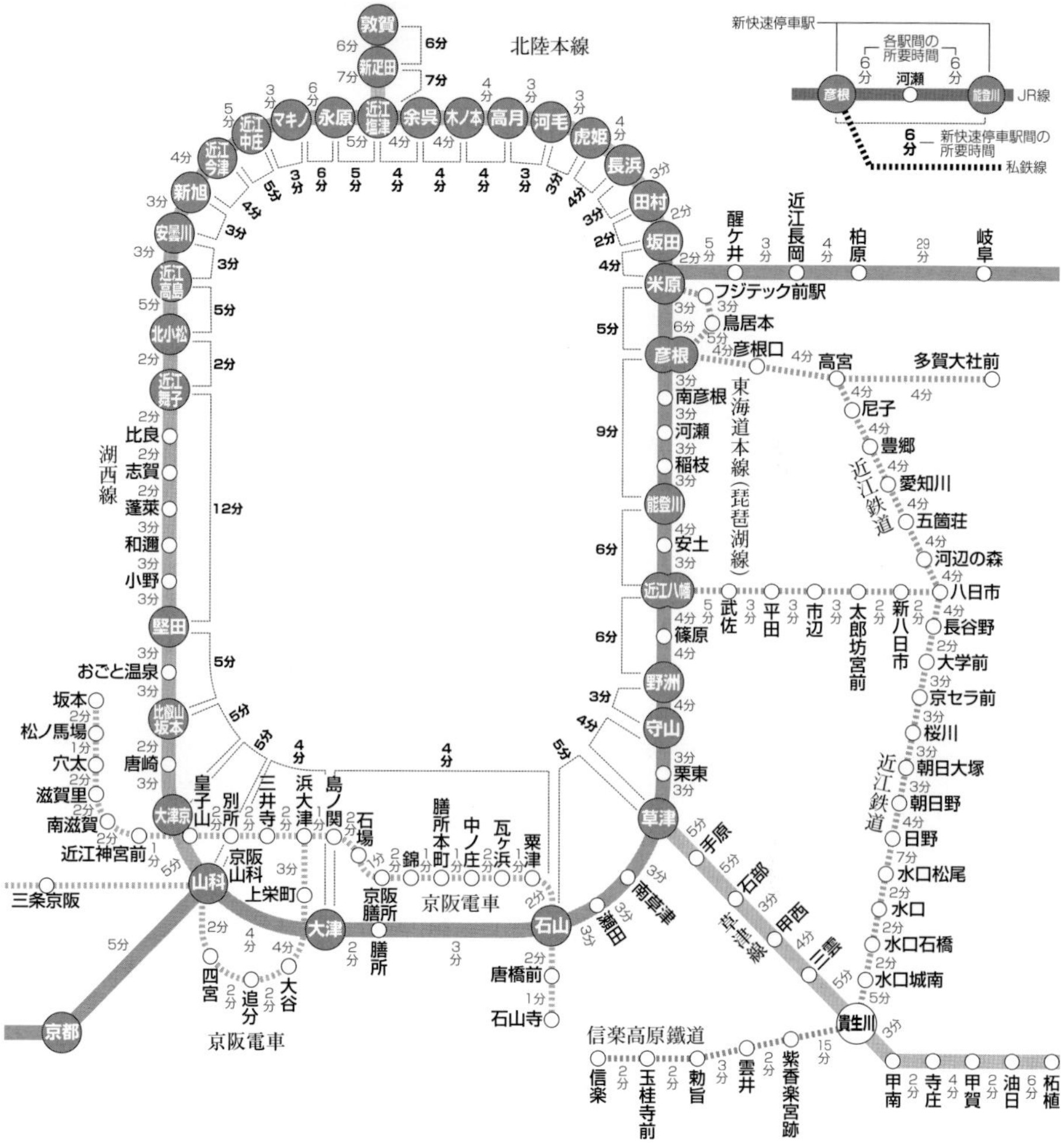

■JR西日本／問JR西日本お客様センター TEL 0570-00-2486（6:00～23:00）

起点・終点は、JR京都駅・米原駅が便利。京都―敦賀間は新快速が運行している。京都から東回りの琵琶湖線で米原を経由して北陸本線を、また西回りの湖西線を経由して北陸本線を利用することができる。

■京阪電車／問京阪電気鉄道 大津鉄道事業部 TEL 077-522-4521

三条京阪―浜大津を結ぶ京津線と、石山寺―坂本を結ぶ石山坂本線がある。沿線観光地への移動に使用。

■近江鉄道／問近江鉄道 TEL 0749-22-3303

米原―八日市―貴生川を結ぶ本線と、高宮―多賀大社前を結ぶ多賀線、近江八幡―八日市を結ぶ八日市線がある。沿線観光地への移動に使用。

■信楽高原鐵道／問信楽高原鐵道 TEL 0748-82-3391

貴生川―信楽間を運行。JR・近江鉄道貴生川駅から信楽方面への移動に使用。

移動する

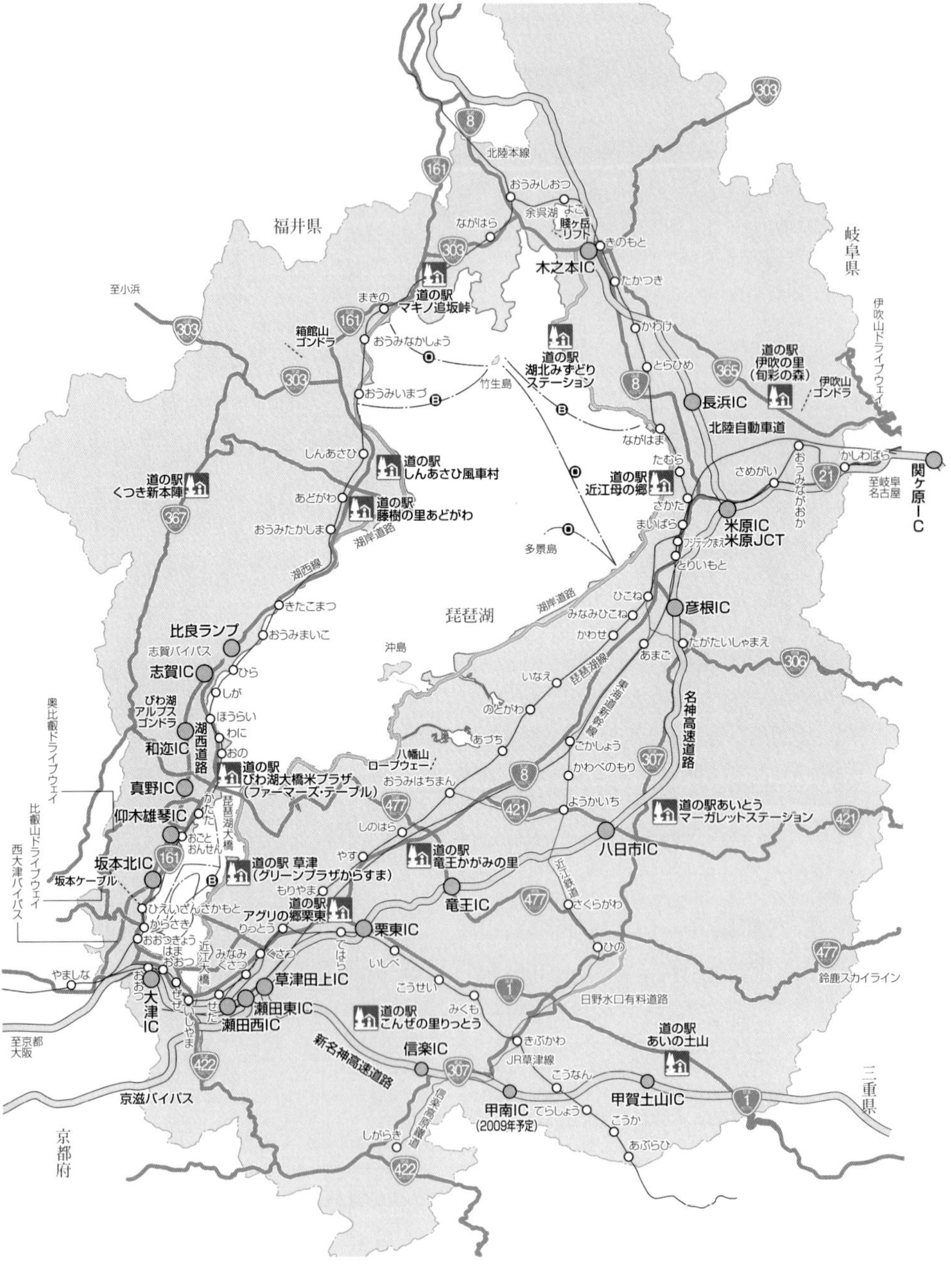
福井県
岐阜県
三重県
京都府
琵琶湖
竹生島
多景島
沖島
北陸本線
北陸自動車道
名神高速道路
新名神高速道路
湖西線
湖西道路
湖岸道路
琵琶湖線
近江鉄道
JR草津線
信楽高原鐵道
琵琶湖大橋
志賀バイパス
西大津バイパス
京滋バイパス
奥比叡ドライブウェイ
比叡山ドライブウェイ
伊吹山ドライブウェイ
鈴鹿スカイライン
日野水口有料道路
至小浜
至京都 大阪
至岐阜 名古屋
箱館山ゴンドラ
びわ湖アルプスゴンドラ
伊吹山ゴンドラ
八幡山ロープウェー
坂本ケーブル
賤ケ岳リフト
余呉湖
道の駅 マキノ追坂峠
道の駅 湖北みずどりステーション
道の駅 伊吹の里（旬彩の森）
道の駅 しんあさひ風車村
道の駅 くつき新本陣
道の駅 藤樹の里あどがわ
道の駅 近江母の郷
道の駅 びわ湖大橋米プラザ（ファーマーズ・テーブル）
道の駅あいとうマーガレットステーション
道の駅 草津（グリーンプラザからすま）
道の駅 竜王かがみの里
道の駅 アグリの郷栗東
道の駅 こんぜの里りっとう
道の駅 あいの土山
比良ランプ
志賀IC
和迩IC
真野IC
仰木雄琴IC
坂本北IC
大津IC
瀬田東IC
瀬田西IC
草津田上IC
栗東IC
竜王IC
八日市IC
彦根IC
米原IC
米原JCT
長浜IC
木之本IC
関ケ原IC
信楽IC
甲南IC
（2009年予定）
甲賀土山IC
おうみしおつ
よご
きのもと
ながはら
たかつき
まきの
おうみなかしょう
おうみいまづ
かわけ
とらひめ
ながはま
しんあさひ
たむら
あどがわ
さかた
おうみたかしま
まいばら
フジテックまえ
とりいもと
さめがい
おうみながおか
かしわばら
きたこまつ
おうみまいこ
ひら
しが
ほうらい
わに
おの
かたた
おごとおんせん
ひえいざんさかもと
からさき
おおつきょう
はま
おおつ
ぜぜ
いしやま
せた
やましな
みなみくさつ
くさつ
りっとう
てはら
いしべ
こうせい
みくも
きぶかわ
こうなん
てらしょう
こうか
あぶらひ
しがらき
もりやま
やす
しのはら
おうみはちまん
あづち
のとがわ
いなえ
あまご
かわせ
みなみひこね
ひこね
たがたいしゃまえ
こかしょう
かわべのもり
ようかいち
さくらがわ
ひの
8
161
303
365
21
367
477
421
306
307
1
422

索　　引

あ

か

さ

た

は

参考文献

『源氏物語』『紫式部日記』『紫式部集』以上岩波書店、『日本文学の歴史』角川書店、『石山寺縁起絵巻』『紫式部と石山寺』以上石山寺、『図説源氏物語』河出書房新社、『源氏物語絵巻』小学館、『図説滋賀県の歴史』河出書房新社、『源氏物語ハンドブック』三省堂、『湖西湖辺の道』『近江東海道』『近江山辺の道』以上淡海文化を育てる会、『図説大津の歴史』大津市、『滋賀観光ガイドブック』サンライズ出版

協 力 者

撮　　影　辻村耕司

資料提供　石山寺、比叡山延暦寺、聖衆来迎寺、滋賀県立琵琶湖文化館、静嘉堂文庫美術館、社団法人福井県観光連盟、社団法人びわ湖大津観光協会

図版およびコラム作成　サンライズ出版編集部

著者略歴：畑裕子（はたゆうこ）

京都府生まれ。奈良女子大学文学部国文科卒業。公立学校で国語教師を11年務める。京都市内から滋賀県蒲生郡竜王町に転居。
『天上の鼓』などで滋賀県文化芸術祭賞。『面・変幻』で第5回朝日新人文学賞、『姥が宿』で第41回地上文学賞。滋賀県文化奨励賞を受賞。

著書：『椰子の家』（素人社）、『面・変幻』（朝日新聞社）、『近江百人一首を歩く』、『近江戦国の女たち』（以上サンライズ出版）、他共著多数。

日本ペンクラブ会員。

近江 旅の本

源氏物語の近江を歩く

2008年3月10日　初版　第1刷発行

著　者　畑　裕子

発行者　岩根順子

発行所　サンライズ出版

〒522－0004 滋賀県彦根市鳥居本町655－1
TEL 0749－22－0627　FAX 0749－23－7720

印刷·製本　P-NET信州

ISBN978-4-88325-355-5
定価はカバーに表示しております。

近江戦国の女たち

畑 裕子 著

山内一豊の妻・千代、一豊の母・法秀をはじめ、戦乱の世に、その身を翻弄されながらもたくましく生きたお市の方、京極マリア、淀殿、細川ガラシャなど18人の女性が自らの生涯を語る。本書著者、畑裕子の豊かな感性が、戦国時代の女性の言葉として現代に蘇る渾身の作品。

定価1680円（本体1600円）四六判 250頁

淡海《おうみ》万葉の世界

藤井 五郎 著

『万葉集』には、数多く淡海を詠んだ歌が収められている。万葉の故地を案内する形で、背景となる古代淡海の風土と歴史、人びとの願いや悲しみを初心者にもわかりやすく解説。

定価1890円（本体1800円）四六判 276頁

近江観音の道

―湖南観音の道・湖北観音の道―

淡海文化を育てる会 編

琵琶湖の南と北、湖岸から山間へ、観音菩薩像を蔵する寺院が連なる二つのルートをたどり、近江の仏教文化と観音信仰のかたちを紹介。『源氏物語』ゆかりの石山寺、比叡山延暦寺、三井寺など西国三十三所観音巡礼も紹介。

定価1575円（本体1500円） A5判 240頁

近江山辺《やまのべ》の道

―湖東山辺の道・比叡山と回峰の道―

淡海文化を育てる会 編

多賀大社から湖東三山・永源寺へ、四季の彩りが美しい湖東の信仰の道。日吉大社から日本仏教の聖地・比叡山延暦寺、さらに北へと続く信仰の道二つのルートを案内。『源氏物語』に登場する光源氏や、横川の僧のモデルとなった源融、恵心僧都源信などの息遣いが聞こえる近江湖西の情景を伝える。

定価1575円（本体1500円） A5判 240頁